逸脱の文化史

近代の〈女らしさ〉と〈男らしさ〉

小倉孝誠

Ogura Kosei

慶應義塾大学出版会

逸脱の文化史——近代の〈女らしさ〉と〈男らしさ〉　目次

逸脱の文化史——近代の〈女らしさ〉と〈男らしさ〉

はじめに

十九世紀のヨーロッパで成立した近代ブルジョワ社会においては、民主化と、産業革命と、都市化が進行した。フランスに関して言えば、王政の復活や強権的な帝政の時代もあったが、全体として見れば社会が民主化の方向に進んだことは否定できない。その流れのなかで、伝統的な慣習が廃れ、旧い道徳に異議が突きつけられ、時代の変化にそぐわない制度が刷新されていった。個人と集団が新たな権利を主張し、自由と解放の拡張を絶えず求めた。十九世紀から二十世紀にかけての西洋社会においては、人々が国家や教会にたいして個人や家庭の「私生活《プライヴァシー》」の自立性を主張し、その結果として社会の法、道徳、宗教と対立することにもなった。それは市民の私生活だけでなく、芸術、文学、科学、ジャーナリズムなど多様な領域で看取される。

規範と抵抗

しかしどのような社会であれ、それが円滑に機能し、秩序を維持するためには法的、社会的、宗教的、そして倫理的にさまざまな規範が人々の生活と精神に課される。その規範はかならずしも明文化されているわけではなく、たとえば倫理的な規範のように、目には見えず、常識的な雰囲気として流布していることがある。そして明文化されず、不可視であるだけに、いっそう拘束力の強い規範として作用する。そうした規範は、そこから外れる、あるいは外れようとする個人や集団を統制し、監視しようとするし、違反した場合には罰を加えることになる。

実際、規範があれば逸脱が生じる。あるいは、当事者に逸脱しているという認識がなくても、社会が一定の規範にもとづいてそれを逸脱だと非難するだろう。規範が存在しなければ、そもそも逸脱はありえないのである。逆にさまざまな逸脱は、社会と私生活を規定する明示的、あるいは暗黙の規範を浮き彫りにしてくれる。法からの、宗教からの、あるいは道徳からの逸脱など多様なかたちの逸脱があり、それは犯罪、暴力、薬物依存、宗教的異端、瀆神《とくしん》、性倒錯、公序良俗に反する行為などとして現われるだろう。

さまざまな状況と環境で生きた近代フランス人は、どのような規範に束縛されていたのだろうか？そしてなぜ、どのようにしてそのような規範に異議を申し立てたのだろうか？　その対立と葛藤を、それを伝えてくれる表象システムと心性を、文学史と文化史の観点から読み解いてみようというのが本書のねらいである。

逸脱と病理の位置づけ

とはいえ、以上はかなり抽象的な一般論である。もう少し具体的な話に入ろう。

ボードレールや、ゴンクール兄弟や、ゾラなどのようにわが国でよく知られた作家の作品であれ、あるいはラシルドやマルセル・プレヴォーやヴィクトル・マルグリットなどわが国では無名で、フランスで出版される文学史にすらほとんど名前が出てこない作家の作品であれ、十九世紀後半から二十世紀前半にかけて刊行された文学作品を読むと、身体、感覚、情動、欲望、性愛をめぐる多様な逸脱の物語に出会う。自由な身体表現が認められ、行動や感情面では解放を享受し、LGBTのように性指向ないし性的アイデンティティーの多様性が認められている現代日本の読者の目からすれば、けっして逸脱のカテゴリーに組みいれられるような現象ではないが、当時のフランス（そして西洋全体）の価値体系のもとでは、規範に背くと見なされた現象である。

そして逸脱は社会的、道徳的に制裁を課されることが多いから、作中人物は苦難に満ちた生涯を送り、ときには過酷な運命に遭遇することになり、いずれにしてもそうした物語の多くは悲劇で終わる。この時代のフランスのリアリズム小説はしばしば、構築される人生ではなく、解体する、あるいは崩壊する人生を語っている。そのかぎりで、十九世紀前半のバルザックやスタンダールの作品、さらにはロマン主義文学とは異なる。

文学と異なるもうひとつの知の分野が、逸脱の主題に関心をもった。十九世紀に発展した医学、とりわけ精神医学と性科学、そしてそれらとの関連が深い犯罪人類学であり、パリはその分野における全ヨーロッパ的な中心地だった。精神医学は医学の一分野だから、正常ではないとされる状態、精神的な健康から逸脱しているとされる状態、要するに病理的なものを研究し、治療する。かつてであれば司祭が介入する空間だった家族や私生活の領域にまで医者のまなざしが浸透し、医者が司祭にとって代わる。同性愛は、フランスでは十八世紀まで（そして他の西洋諸国では十九世紀になっても）軽犯罪として扱われ、したがって司法による処罰の対象だったが、十九世紀後半になると、同性愛はひとつの病理と見なされ、精神医学が関与する事例となる。医学の知が宗教や法の機能を果たすようになったということである。

逸脱、異常なもの、病理的なものなどの概念が定式化されるに際して、精神医学の果たした役割は無視しえない。ミシェル・フーコーは、理性を失って犯罪に走る者たちが、医学と司法の領域で「怪物monstre」から「異常者anormal」となり、この名称の移行が社会における精神医学の地位向上を決定づけたと指摘した。(1) それが何を意味するかと言えば、精神医学は医学的な知の特殊な一分野であるのみならず、社会衛生学に寄与するひとつの領域として機能し、社会を脅かすさまざまな危険に抗して、社会を保護するための科学として制度化されたということである。その結果、精神医学は異常なもの、逸脱したものを病いと見なし、それに対処し、それを治療する権利を正当に主張することができた。身体、精神、そして性における逸脱(あるいは逸脱とされた現象)が病理化されたのが、十九世紀後半の特徴なのである。

こうした知的風土に据え直してみるとき、文学作品は新たな読解を可能にしてくれるように思われる。文学は、同時代の医学思想や生物学の知識を杜撰《ずさん》なしかたで反映している(ゾラや自然主義にたいしてしばしば向けられた批判)のではなく、世紀末の頽廃趣味《デカダンス》をなぞっているのでもなく、ましてや倫理的な要請を根拠なく無視することで虚勢を張っていたわけでもない。人々が生活スタイルや、思考様式や、行動形態において自由を追求した結果、それが規範からの逸脱として捉えられた。逸脱はおもに家族や、身体や、感覚や、性愛の領域で現われ、文学はそれらの逸脱を独自のやりかたで表象した。というより、文学が逸脱を描き、語ったからこそ、現代のわれわれはそれを医学や、精神医学や、性科学と関連づけることができるのであって、その逆ではない。実際、作家が精神医学や性科学を参照した以上に、精神医学者や性科学者が十八世紀、十九世紀の作家たちを頻繁に引用し、示唆的な事例として採りいれることによって、みずからの理論を精緻なものにしていったのである。

逸脱と病理はどのような作品で、どのように表現されたのだろうか。本書では、十九世紀半ばから二十世紀初頭にかけて書かれた作品を対象にして、その問いかけに答えてみたい。対象となる作品は、狭義の文学作品に限らない。自伝・回想録、日記、書簡集、歴史書、警察関係者の証言、衛生学者や精神医学者や性科学者の著作なども含まれる。秘められた内面性を露呈する言説と、司法関連の文書と、精神医学や性科学の記述は、逸脱という主題をめぐって意味深い変奏を響かせてくれる。ジェンダー批評の成果を考慮しつつ、文学史と文化史の視座からこれら多様なテクスト群を交差させて読み解くことで、一時代の感性と心性を析出させてみたい。

本書の構成

具体的な内容は次のとおりである。

第I部「女たち」は、女性の身体と性愛をめぐる三つの章から構成される。社会的、倫理的な規範は、礼儀作法や、医学的な処方や、家庭道徳の暗黙の掟として日常生活を統制し、男以上に女にたいしてきびしく適用される傾向が強い。十九世紀、ブルジョワ階級に生まれた女は自宅で家庭教師についたり、修道院で宗教教育を受けたり、そして世紀末以降は学校でしかるべき教育を受けたりした。仕事に就くことはなく、若くして結婚し、幸福な家庭を築くことだけを当然のように期待されていた。

結婚する前の、あるいは結婚しない「若い娘 jeune fille」は、子供ではないがいまだ女性性をまとっていない女、いわば女になる前の特殊なカテゴリーだった。この若い娘は男性の作家、芸術家、医学者の関心を引き、謎めいた存在として興味深い表象を生みだす。ロマン主義時代の小説、レミ・ド・グールモンやポール・ブールジェのエッセイ、そしてエドモン・ド・ゴンクールの小説『シェリ』に依拠して、その表象を分析すると同時に、若い娘の期待されるイメージからかけ離れてしまった娘、女性性の規範に背いてしまった娘の苦悩と悲劇を跡づける（第一章）。

当時、作家、歴史家、ジャーナリスト、医学者の大多数は男であり、彼らが叙述した女性のイメージには、男たちの妄想としか呼べないようなものがある。そこにジェンダーバイアスが作用していることは否定しがたいだろう。女の身体と生理学をめぐって紡ぎだされた幻想のひとつが、「感応遺伝」（あるいは「影響遺伝」）と呼ばれた現象である。女は最初に性的関係をもった男に影響され、別の男性とのあいだに産んだ子供でも最初の男の相貌を宿すという学説である。医学者リュカが唱えて、当時は一定の支持を得ていた学説だった。女の身体と生殖はこうして強い宿命性を刻印され、その宿命からの逸脱が悲劇をもたらす。現代人から見れば単なる俗説にすぎない感応遺伝だが、女の身体的な束縛と性的な宿命を暗示する神話として機能したのである。歴史家ミシュレの『愛』、ゾラの『マドレーヌ・フェラ』、カチュール・マンデスの小説『残酷なゆりかご』にそくして、その神話の構図を明らかにする（第二章）。

若い娘のように、身体的にも感情的にも抑制を強いられることは息苦しいし、感応遺伝という宿命を課されるとすれば、女の性愛はあまりに不自由で、理不尽であろう。その息苦しさに、その理不尽さに、十九世紀末から二十世紀初頭のフランス女性たちは、ときに勇ましく抵抗しようとした。抑圧が激しいと感じるほどに、そこから解放されたいという願いは強く、その願いは同時代人の目からすれば正統な規範からの逸脱、さらには精神的な病理として認識されることになるだろう。そのような抵抗と逸脱、そこに潜む家父長制的な陥穽《かんせい》の危険を、ラシルドの『ヴィーナス氏』、マルセル・プレヴォーの『半処女』、そしてヴィクトル・マルグリットの『ギャルソンヌ』の三作品をつうじて精緻に読み解く。いずれもフランス文学史でほとんど言及されることのない小説だが、文化史的には時代を画した作品である(第三章)。

第Ⅱ部「男たち」は、厳密に言えば女にも関連するとはいえ、主として男たちの逸脱と病理に関する四つの章からなる。女に比べれば自由の享受がはるかに広く認められていたとはいえ、男もまた「男らしさ」の名によってやはり多様な規範を内面化し、身体化するよう期待された[2]。性科学者は医学的な観点から、教師は教育的な観点から、政治家は軍事的な観点から、それぞれ男らしさの価値を唱導した。家庭、性生活、学校、寄宿舎、職場、酒場、軍隊など、あらゆる私的、公的、社会的空間で、男たちは男らしさを発揮することを求められたのである。そのような男らしさの規範と価値観が制度化され、流布する一方で、そこから逸脱する者たちが出てくる。

十九世紀末、フランスでは子供の出生率が顕著に下がり、いずれ人口が減少に転じるのではないかという不安が高まった。子供をつくるかどうかは夫婦の私的な問題に留まるものではなく、社会や国家の未来に関わる重要課題だったのである。フーコーは『性の歴史』第一巻『知への意志』(一九七六)のなかで、十九世紀に「生殖行為の社会的管理化」が進行したと述べたが[3]、その指摘を受ければ、夫婦の性生活さえも社会の課題になったということだ。

人口減少の不安が現実味をおびてくれば、非難されるのは独身者たちである。夫婦と、子供と、家産の継承を原理とするブルジョワ社会の規範からすれば、独身はそれだけでひとつの逸脱だった。こうして性科学者たちは結婚を推奨して独身を断罪したが、他方で、ボヘミアン的な芸術家、ダンディズムを標榜する男、一部の作家は徹底した独身主義を主張した。結婚を奨励する性科学の言説と、ミュルジェールやバルベー・ドールヴィイやゴンクール兄弟の作品に描かれた独身男たちの肖像を対比させながら、独身をめぐる表象の葛藤を析出させる（第四章）。

夫婦間の生殖と快楽に留まるかぎり、そしてそれが家庭の円満をもたらすかぎり、性は批判の対象にならない。しかし身体性の強烈な体験である快楽と性は、しばしば規範や倫理に抗おうとするし、さまざまな逸脱や暴力性への志向をはらんでいる。家庭生活の前提は、生殖につながる男女の異性愛であり、当時の医学者たちは生殖につながらない性を「倒錯」と形容したのだった。もちろん二十一世紀の現代からすれば容認しがたい反応だが、当時は社会の課題として議論の対象になったのである。とりわけ男の同性愛、サディズム、マゾヒズムがこの時代に注目された。この点で、性の逸脱を論じる精神病理学と、それを物語る文学のあいだには、意味深い共振関係が成立する。タルデューやマニャンやクラフト＝エービングらの医学的言説と、ルソー、プルースト、ザッハー＝マゾッホ、ゾラの作品を読み比べながら、その共振関係を読み解いてみよう（第五章）。

十九世紀末から二十世紀初頭にかけて、性の逸脱の一形態としてとりわけ医学者たちの関心を引いたのがフェティシズムである。フランスの心理学者ビネが、もともと宗教的、民族学的な意味合いだったこの言葉によって、セクシュアリティーのひとつのあり方を定義した。後にフロイトが継承することになる概念である。性愛の対象の種類におうじて、ビネはフェティシズムをいくつかのカテゴリーに分類し、その後ガルニエやローランなどの性科学者が、性の病理現象という視点から議論を展開した。彼らの論点を跡づけた後、十八世紀のレチフ・ド・ラ・ブルトンヌの自伝、十九世紀のボードレール、ゾラ、モーパッサン、ミルボーらの作品にそくして、フェティシズムの多様な文学的表象を明らかにする（第六章）。

そして最終章では、これまで論じてきた逸脱や倒錯をめぐる言説を、より広く時代の精神風土のなかに位置づけてみる。そのときキーワードとして浮かび上がってくるのが、「変質 dégénérescence」という概念にほかならない。狭義では、遺伝や環境のせいで人間が身体的、精神的に劣化しているという思想で、はじめは個人や家族に生じる現象とされていたが、その後、階級、民族、国家という集団的な次元にまで適用されていった。現代人から見れば単なる謬見《びゅうけん》にすぎないが、当時は女の性愛の問題、女たちが自由を求めて繰りひろげた活動、それが波及した結婚と独身の問題、男たちの性的逸脱、性行動の多様化などが、ときとしてこの変質論という概念の枠組みのなかで語られたのである。十九世紀半ばに精神医学者モレルが提唱したこの変質論の系譜をたどり、その文学的反響を自然主義文学のなかに聴き取ることで、本書は閉じられる（第七章）。

社会的、精神的に逸脱と呼ばれるものの内容は、時代と社会によって変化する。昨日の逸脱は、明日には常識になるかもしれない。そのように曖昧で不安定な輪郭をまとう逸脱という現象を、十九世紀から二十世紀初頭にかけてのフランス（そしてときには西洋全体）を対象にして、小説、自伝、日記、医学書、性科学の啓蒙書などの言説をつうじて読み解いていく。そこでは、現実の表象と幻想的なイメージがときに分ちがたく錯綜している。その錯綜の網の目をほぐしていくことで、ひとつの時代の心性を浮き彫りにしたい。

第Ⅰ部　女たち

第一章　若い娘たちの表象——魂から身体へ

本作〔『シェリ』〕は第二帝政期の公的世界に生きた若い娘の研究である。
エドモン・ド・ゴンクール『シェリ』（一八八四）、序文

若い娘は十九世紀の発明である。
レミ・ド・グールモン『ビロードの道』（一九〇二）

文学史を見渡すと、古代から現代まで深い水脈として連綿と語られてきたテーマ（愛、家族など）がある一方で、特定の時代に際立った存在感を放ち、数多くの作家の関心を引きつけ、多様な表象を生みだしたテーマがある。そのテーマは、前後の時代にまったく欠落しているわけではないが、ある時代状況において文化的、社会的に特異な濃密さをまとい、人々の想像力を刺激し、現代のわれわれから見ればときとして幻想や妄想に近いような表象をもたらす。そうしたテーマは空間、出来事、事件、社会現象、人物像などさまざまなカテゴリーに属する。たとえば事件で言えば、十九世紀文学における革命や二十世紀文学における戦争、社会現象で言えば十八世紀文学におけるユートピアなどがそれに当たるだろう。

「若い娘」という形象

十九世紀から二十世紀初頭のフランスにおいて、文学のみならず文化史、風俗史の領域においても大きな存在感を示したのが「若い娘 jeune fille」である。いま仮に若い娘と訳したが、十九世紀フランスの jeune fille について まず簡単な注釈を加えておこう。

年齢としては十代半ばから後半で、未婚であり、子供と成熟した女性の中間に位置する。社会階層によって多少の違いはあるが、当時の女性の多くは十代後半から二十代前半で結婚していた。貴族や上層ブルジョワといった上流階級の場合、娘は幼い頃まず修道院に送られて教育を受け、その後両親の家に戻って数年暮らした後、親が決めた相手と結婚して家庭を築くというのが通例のライフサイクルだった。結婚すれば年齢に関係なくもはや若い娘ではなくなり、「若い女性 jeune femme」という別のカテゴリーに分類される。

わずか数年間の存在を享受し、家庭という空間に保護され、純潔と処女性を求められたのが上流階級の若い娘ということになる。ブルジョワ支配の時代である十九世紀が、このような社会カテゴリーを創りだしたのである。もちろん十代で未婚の女性はいつの時代にも存在したが、それが明瞭な輪郭をまとって文化的な特異性を示したのがこの時代のフランスである。冒頭に掲げたグールモンの「若い娘は十九世紀の発明である」という一文は、彼自身も生きた十九世紀という時代の重要な社会史的側面を照射している。

こうした状況を根底から変えたのは、一八八〇年代、第三共和政下における教育制度の改革だった。

それまで女子教育は修道院や教会による宗教教育が大きな比重をしめ、裕福な家庭だけが個別に家庭教師を雇っていた。そこで女子が学んだのは外国語、音楽（とくにピアノ）、デッサン、礼儀作法などだった。共和国が公教育を制度化して女性にも門戸を開いたことで、女性の人生設計が多様化したのである。それにともなって、社会的カテゴリーあるいは表象としての「若い娘」は「思春期の女 adolescente」にとって代わられる。(1) 現代フランス語では、十代半ばから後半の女性は一般に adolescente と呼ばれる。という次第で、文化的現象、および文学的表象としての若い娘はきわめて十九世紀的な人物像であり、年齢およびその意識、独身時代の長さ、結婚や家庭生活についての認識などにおいて、当時の若い娘と現代の若い娘のあいだには大きな隔たりをあることを忘れてはならない。本章の議論はそのことを踏まえて展開されることになる。

ドジョング《ピアノを弾く若い娘》(1880)。ピアノは女子教育の一部であり、上手に弾けることは結婚に有利だった。

　十九世紀の小説はあらゆる社会階級、職業、年齢層に属する人物に関心をいだき、あらゆる人物類型を登場させた。そのひとつとして若い娘の心理や生態への関心を示し、文学上の人物として造形を施した。とはいえ小説家の大多数は男、しかも壮年期の男であり、十代の若い娘とは年齢的にも、意識的にも、文化的にも隔絶が大きい。男の作家たちはなぜ若い娘という人物像に関心をいだいたのだろうか。彼らによる若い娘の表象には、壮年の男の想像力が生みだした幻想や錯誤が付着していないだろうか。そうした錯誤や幻想を含めて、若い娘をひとつの文化的表象として読み解いてみよう。

「夢の女たち」の系譜

若い娘の文学表象を問いかける前に、それと姉妹関係にあるもうひとつの人物像にまず着目してみよう。若い未婚の女性への関心は、十九世紀を俟《ま》ってはじめて芽生えた現象ではないのだから。

フランスを代表する感性の歴史家アラン・コルバンの近著に、『夢の女たち』[2]（二〇一四、邦題は『処女崇拝の系譜』）があり、そのなかで歴史家は、古代ギリシア・ローマから中世、近代を経て二十世紀にいたるまでの神話と文学に依拠しながら、男たちが憧れ、理想化し、ときには崇拝した女性たちの系譜を辿ってみせた。コルバンのいう「夢の女」とは、美、慎ましさ、やさしさ、美徳、純潔をすべてそなえた女であり、男たち、とりわけ青年たちが理想化し、ときとして天使のような相貌を付与した女のことである。多くは未婚だが、稀に既婚、あるいは許婚者がいる。彼女にはしばしば男を寄せつけないような凜とした雰囲気がただよい、その身体は男の危険な欲望から隔離されているかのように守られている。聖母マリアがそうだったように、永遠の処女性を保持している女――それが「夢の女」だ。

西洋の長い歴史において、そのような女はいつ頃、どこに存在していたのか？　現実には、生身の人間としてはいつの時代にも、どこにもおそらく存在しなかったが、男たちの想像力――あるいは妄想――のなかでは古代から常に存在してきた。不可視でありながら、あるいはまさに不可視だからこそ歴史的に遍在してきた。現実には見いだしがたいからこそ、いっそう想像性の肥大を招来するという根源的な逆説性をはらむのが「夢の女」である。ではいったい、想像力のなかに存在しながら不可視だという女をどのように捉え、論じればいいのか。

『夢の女たち』の著者が資料として選んだのは神話と、とりわけ文学作品であり、それらに着想を得た彫刻や絵画などの美術品である。こうして古代神話に登場する月の女神アルテミス（ディアーナ）から、ホメロス『オデュッセイア』に登場するナウシカ、中世イタリアのダンテ『新生』とペトラルカ『カンツォニエーレ』、十七世紀のシェイクスピア『ロメオとジュリエット』『ハムレット』、十八世紀のリチャードソン『パミラ　あるいは淑徳の報い』、ゲーテ『若きウェルテルの悩み』そしてベルナルダン・ド・サン゠ピエール『ポールとヴィルジニー』、十九世紀のシャトーブリアン『アタラ』とネルヴァル『オーレリア』を経て、二十世紀のアラン゠フルニエ『グラン・モーヌ』まで、時代と国（したがって言語）の多様性に配慮しながら、十九人の夢の女たちの姿をあざやかに描きだしてみせた。

そこから明らかになるのは、時代と場所と言語の違いを超えて、「夢の女」の相貌と精神性が驚くほどの一貫性を保ってきたという事実である。それは逆に、「夢の女」を語り、描き続けてきた男たちの想像力と表象体系が長いあいだ不変だったということを意味する。女がまとう衣装や出会いの舞台装置は変化し、男女の心性や、性道徳や、生活様式や環境は時代と共に変わってきたが、青年たちは「夢の女」をめぐって繰りかえし類似したイメージを紡いできたということである。美しさ、慎ましさ、美徳、貞潔、そして未婚の場合は処女性が求められ、男の欲望をそそると同時に、欲望を撥ねつけるような高貴性が望まれる。

『ハムレット』に登場するオフィーリアを描いた絵は、男たちが紡いだ「夢の女」の表象を凝縮する。《オフィーリア》と題されたレオポル・ビュルト（上）とジョン・エヴァレット・ミレー（下）の作品。

そこで語られ、描かれ、表象される女たちは青年たちの愛の理想を凝縮させた女たちであり、同時に、青年たちにまだ知らぬ愛のかたちを夢想させる女たちである。青年たちは自己抑制をみずからに課し、想いを寄せる女を身体的な存在ではなく、霊的な存在として認識する。「夢の女」がときとして天使のような存在として崇拝の対象になるのは、そのためである。十九世紀のフランス人はそれを「天使化」と名づけた。

現代のわれわれから見れば、ずいぶんと時代錯誤的な話には違いないし、思わず苦笑したくなるほどだ。それはコルバン自身よく承知しているところで、こうした「夢の女」という表象体系は、少なくともフランスでは二十世紀前半までに完全に消滅したことを認めている。『夢の女たち』で取り上げられている最後の作品、アラン＝フルニエの『グラン・モーヌ』は一九一三年に刊行された小説である。コルバンの著作はその意味で、いまでは消え去った感性と情動をめぐる考古学的な考察になっている。

コルバンが詩と小説と戯曲をおもな分析対象にしているのは、文学的な表象が世紀から世紀へと、あるいはひとつの国から別の国へと、時代的および地理的な境界線を越えて継承されていくからにほかならない。ダンテやペトラルカは神話に親しみ、十九世紀のロマン主義作家たちはシェイクスピアを耽読し、ネルヴァルの『オーレリア』はダンテに言及し、ラマルチーヌ作『グラツィエッラ』には登場人物が『ポールとヴィルジニー』を読む場面がある。「夢の女」は文学的な表象として創造され、書物と読書をつうじて継承され、模倣され、新たな造形をほどこされていった。そして近代以降は、学校教育をつうじて偉大な文学作品の精神と記憶がフランスの青年たちの脳裏に刻まれていった。西洋文化は「夢の女」の形象を創造し、時代ごとに少しずつ多様化させてきたのである。

アンケ・ベルナウの『処女の文化史』(二〇〇七)は、主にイギリスとアメリカの近現代文学に例をとりながら、コルバンの議論を補ってくれる。処女性は純潔、貞淑というイメージに結びつけられ、キリスト教の影響下で処女は夜明けの光、白い雪、きらめく宝石、輝く星に喩えられてきた。無垢と真実の光の寓意なのである。興味深いことに、処女をヒロインとする現代のロマンス小説でも、この構図は強固に維持されているという。彼女が出会い、魅かれる男たちは社会的な成功者だが、その成功の代償のように人生に醒めたまなざしを向け、愛の可能性に懐疑的である。ところが処女の純潔性に出会うことで男はその態度を改め、不毛な絶望から救済されるのだ(3)。

夢の女から若い娘へ

以上がコルバン『夢の女たち』の概要である。歴史家が描いてみせた夢の女の相貌は、われわれがこれから問題にする若い娘の文学的表象といくつかの点で共通する。若さ、美しさ、純潔、どこか謎めいた神秘性、脆弱さと強さの共存、高貴性などである。長い歴史をつうじて継承され、現実性を稀薄にされた神話的な表象である夢の女は、十九世紀フランスにおいては、現実的な存在としての若い娘に変貌する。それは生身の肉体をそなえ、日常生活のさまざまなシーンを生き、ときには過酷な人生を送る人間にほかならない。

文学表象として夢の女と若い娘のあいだにあるもうひとつの差異は、その身体性の有無である。夢の女にあっては、女性として成熟していく過程は一種のタブーであり、彼女に恋慕する青年たちにとって女の成熟は存在しない。とりわけ性的身体としての側面は完全に排除され、女は霊化された存在として姿を現わす。無垢で純潔な状態に留まり続けるのが理想的な夢の女である。他方、十代から二十代前半までの若い娘は、身体的にも精神的にも少女から女へと大きく変貌していく。彼女はいずれ成熟するし、その予兆としてすでに男たちを惑わす、あるいは男たちの心をかき乱す何かをそなえている。実際は単純で、素直で、無邪気なだけかもしれないのだが、彼女を見つめる男たちが謎めいた魅惑、生まれつつある成熟と官能性を過剰なまでに読み取ってしまうのである。

孤高の女神ディアーナを淵源とする夢の女は、同じく神話に祖型が見いだされるヴィーナス的な女たちと対比することで、その特徴がより明瞭になる。ヴィーナス的な女、つまり官能的で、男たちを誘惑し、欲望の対象になり、快楽の主体になる女たちであり、それは身体性を抹消され、欲望を口にしない夢の女とは対蹠《たいせき》点に位置する。十九世紀の若い娘は、ディアーナとヴィーナス両方の属性をさまざまな配分で兼ねそなえている。

同じように、十九世紀的な若い娘の輪郭は、ブルジョワ社会と都市化がもたらしたひとつの女性カテゴリーとの鋭い対比のなかでいっそう明確になる。すなわち娼婦である。当時のブルジョワ階級の男たちにとって(作家と芸術家の大部分はブルジョワ階級に属する)、単純化すれば女は二種類に分けられる。しかるべき教育を受け、貞節と清純さを内面化し、無垢のまま妻となる女性か、男の欲望に惜しげもなく身体をゆだね、ときには男を挑発する女性か。要するに天使か、娼婦か。

現代のわれわれならば、あまりに無邪気な二分法と考えるが、当時のブルジョワ社会の道徳においては結婚前の娘の処女性が重んじられていた。良家の娘たちが結婚前に男たちと交際するという慣習はなかったし、上流社会ほど結婚は親同士が両家の社会的、経済的な釣り合いを考慮しながら決めたのであり、当事者の意向が考慮される余地はほとんどなかった。娘の処女性は、ブルジョワジーの結婚戦略にとってたいせつな切り札のひとつだったのである(他方、農民や都市労働者のあいだでは事情が異なる)。

ブルジョワの青年たちは、抑えがたい欲望を満たすために娼家に通い、娼婦が彼らに性の手ほどきをした。あるいは一家に雇われている若い女中が、青年の性的戯れの相手になった。フランス語で amour ancillaire(女中との情事)と呼ばれる現象である。娼婦や女中との性的関係は、良家の娘の純潔と処女性を守るための必要悪、ひいては家族制度を維持するための必要悪と認識されていたということである。若い娘がそうであるように、娼婦もまた文学、とりわけ十九世紀後半の小説において頻繁に登場し、絵画がしばしば描いたモチーフであることは言うまでもない。ここでは文学における娼婦と売買春の表象を論じる余裕はないが[4]、バルザック『人間喜劇』に登場するエステルやコラリー、デュマ・フィスの代表作『椿姫』(一八四八)の主人公で高級娼婦のマルグリット、フロベール『感情教育』(一八六九)に登場するロザネット、ゾラの『ナナ』（一八八〇）の主人公、そしてモーパッサンやユイスマンスの小説に姿を現わす数多くの街娼など、例は枚挙にいとまがないほどだ。

セクシュアリティーをめぐるこうした二重基準が存在したからこそ、そしてそれがブルジョワ青年たちのあいだに広く浸透していたからこそ、純真無垢な若い娘が現実としても、文化的表象としても成立しえたのである。

ロマン主義時代の若い娘

十九世紀前半のロマン主義時代は、文学と芸術において愛の情念を崇高な価値にしたてあげた。そして純潔で無垢な若い娘が物語のヒロインとして登場してくる。それは身体性を稀薄にされ、それゆえ精神性を強調され、俗世の穢れを知らない（とされる）若い娘たちである。その嚆矢《こうし》はベルナルダン・ド・サン゠ピエール『ポールとヴィルジニー』（一七八八）であろう。インド洋に浮かぶ熱帯の島フランス島（現在のモーリシャス島）を舞台に、兄妹のように育ったポールとヴィルジニーの悲恋物語である。博物学者でもあった著者による南洋の島の自然描写が名高く、二人が暮らす村は悪や葛藤を知らないユートピア的な共同体の様相を呈している。フランス島は王政フランスの植民地であり、多数の黒人奴隷を使ってプランテーション経営をしていたのだが、作品中にはそのような植民地主義の現実がほとんど影を落としていない。

小説のなかで、ヴィルジニーはしばしば「汚れをしらない innocente」女と形容され、「無垢 innocence」は彼女の本質をなす。彼女の貞淑と恥じらいがもっともよく表われるのが、フランスから島に

ロマン主義的な若い娘の身体は、稀薄であることを求められた。ルイ・ジャンモ《純潔》。

帰還した際に、乗っていた船が嵐のせいで座礁するシーンである。たくましい船乗りが彼女を救おうとするが、そのためには彼女が衣服を脱ぎ捨てなければならない。自分を助けようと岸辺にやって来ていたポールの姿が目に入ったヴィルジニーは、愛する男の目に裸身をさらすことは受け入れられない。そのため、静かに目を天のほうに向けながら荒波に呑み込まれていく。恥じらいと、慎ましさと、美徳を優先して、あえて死を選んだのである。そのとき作者ベルナルダンは次のように書き記す。

ヴィルジニーは死が避けがたいとみてとり、片手で衣服をおさえ、もう一方の手を胸にあてると、静かに天を仰いだ。まるで天高く舞いあがろうとする天使のようだった。(3)

『ポールとヴィルジニー』のヒロインの死は、恥じらいと美徳の象徴である。画家プリュドンが小説の1806年版に付した挿絵。

無垢で純真な娘たちを描く十九世紀の宗教的イメージ体系は、この天使の比喩をしばしば援用することになるだろう。この挿話の時期がクリスマスの日に設定されているのは偶然ではなく、作者はヒロインの死に聖性を付与しようとしたのである。そこでは、女性がまなざしを天に向けるという身ぶりが宗教的救済の寓意として読み取られていく。

　シャトーブリアン『アタラ』（一八〇一）のヒロインは、処女性を喪失することよりもあえて死を選ぶ。愛する男と結ばれるまでは純潔でいるという誓いを母親に立てた彼女は、その誓いを破ることには耐えられず、毒を仰いでみずからの命を絶ってしまう。死んだアタラは恋人のシャクタスの目に、「眠れる純潔（＝処女性）の像[6]」のように映る。天使性と、純潔性と、無垢はロマン主義的な若い娘を際立たせる属性だ。

　この系譜に、ラマルチーヌ作『グラツィエッラ』（一八四四年執筆）のヒロインをつけ加えることができるだろう。遍歴の旅に出た主人公である十八歳の青年は、その途中でナポリに滞在し、地元の漁師の娘グラツィエッラと出会って恋に落ちる。彼が病の床に伏し、彼女が青年を献身的に看病したことがきっかけである。牧歌的な世界に生きる農民や漁師たちのあいだで、グラツィエッラはやがて少女から女へと変貌していく。青年が『ポールとヴィルジニー』を読む場面が描かれているのがじつに象徴的で、この作品が「無邪気な愛の手引き書」と形容されている(7)。やがて青年がフランスにひとり戻っていくと、若い娘は憔悴してわずか十六歳で息絶えてしまう。

　引用した三作品の舞台が南洋の島、アメリカ大陸、そしてイタリアと、いずれも異国に設定されているのは示唆的である。ヴィルジニーは、逃れるように祖国を離れたフランス人の両親のもと植民地で生まれた女、アタラはアメリカ先住民族の娘、グラツィエッラはナポリ近郊の漁村に生まれたイタリア女だ。異国趣味はロマン主義文学の特徴だが、ヒロインを異国の風土に配置することで、作家たちは文明や近代社会の力学に束縛されない、牧歌的でほとんどユートピア的な空間を創出しているようにみえる。そのため若い娘の純潔さや無垢がいっそう際立つ、という効果がもたらされている。女が青年に恋し、青年から愛され、しかし愛の悦楽を知ることなく、ときには愛の言葉さえ明瞭に口にすることなく命がはかなく絶える、というのが三作に共通している。若い娘を中心に紡がれる愛の物語において、異国趣味と悲恋は相性がいいのだ。

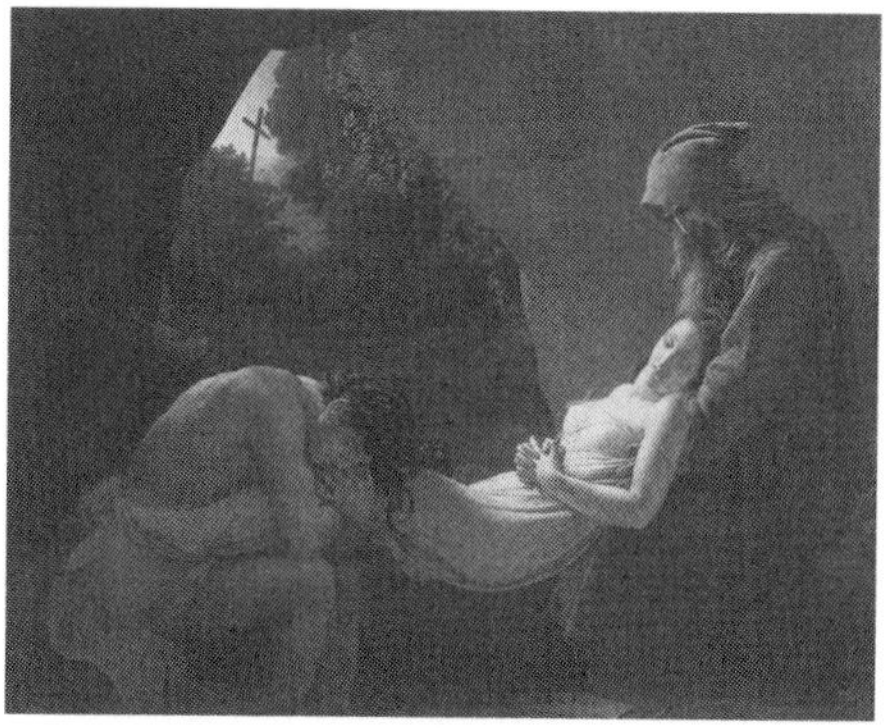
ジロデ《アタラの埋葬》(1808)

　ロマン主義的な若い娘は身体性が稀薄であり、そもそも身体について語ることがないし、みずからの身体を見つめることすらほとんどない。「夢の女」たちがそうだったように、半ば霊化された存在である。彼女を愛した男たちは、恋人の死を深く悲しみ、絶望に駆られる。ポールは悲嘆のあまり、ヴィルジニーの死から二か月後に息絶えるし、シャクタスはアタラの死を永遠に忘れられず、物語の語り手に向かってその死を述懐せずにいられない。フランスに戻った『グラッィエッラ』の主人公の青年は「若すぎる男は愛する術を知らない。ものごとの価値が分かっていないのだ！　ほんとうの幸福は、失った後ではじめて分かるのである(8)」と後悔しながら告白する。しかし時すでに遅く、それから数か月後に手紙でグラッィエッラの死を知った青年は悲嘆に暮れるばかりである。

だが若い娘は遠い異国の地だけでなく、同時代のフランス、とりわけパリにも存在していた。その生態は先にのべたような近代ブルジョワ社会の進展と不可分に結びついている。そして十九世紀にこの若い娘について語ったのは、作家だけではない。ジャーナリスト、医学者、礼儀作法書の著者などもそこに含まれている。次にその言説を読み解いてみよう。

「生理学」の言説

十九世紀前半のジャーナリズムで、「生理学」と呼ばれるジャンルが流行した。医学の一分野としての生理学とは関係なく、同時代人の習俗や趣味、さまざまな職業や社会的カテゴリー、パリの諸制度と生活空間を記述したジャンルで、現代のルポルタージュに近い。一般に複数の書き手による共著であり、ときには十巻を超えるシリーズとして刊行された。これらの著作には木版画やリトグラフ（石版画）による挿絵が添えられるのが通例で、その作者としてグランヴィル、ガヴァルニ、ドーミエといった、時代を代表する挿絵画家や版画家が名を連ねていた。生理学はパリの制度や、習俗や、職業を言説として語っただけでなく、視覚的イメージを活用して首都パリを文字どおり可視的な空間に創りあげたのだった。

この生理学シリーズのいくつかで、若い娘が章として立てられている。それは、若い娘がたんに年齢だけによる規定ではなく、お針子や人妻や母親や娼婦などと同じくひとつの社会的カテゴリーとして認識されていたことを意味する。たとえば、パリをめぐる生理学の嚆矢とも言える『パリあるいは百一の書』(全十五巻、一八三一―三四。タイトルは百一人の著者が寄稿したことに因む)の第三巻で、「パリの若い娘」と題された章の著者ブィイーは、実話にもとづいた物語の形式で、同時代のパリに暮らす若い娘たちのさまざまなタイプを素描する。その意図は次のようなものだった。

私は、パリの若い娘たちを正確に描いてみせよう。そして、社会のあらゆる階層で、若い娘たちが女性の名誉と栄光になるような、模範を示してくれることを証明してみせよう(9)。

こうしてブィイーはレース職人のエステル、子爵家の娘クロランド、裕福な銀行家の娘レオニー、そして役人の娘エンマという、同じ建物に住む四人の人生を交錯させる。同じ建物といっても、上階にいくほど狭く暗い部屋になり、彼女たちの階級性は住居の配置と設備にも歴然と表われている。性格も多彩で、クロランドは高慢、レオニーは無頓着、エンマは堅実と性格は描き分けられている。働いているのはエステルだけで、親孝行で、慎ましく、まじめで腕のいい職人である彼女は仕事面でも、対人関係

において も周囲の評判が高い。家族内の仕事が順調に発展し、やがてエステルは小さな作業場を構えて数人の女工を雇うまでになる。善良な若い娘の成功物語である。

一八三〇年の七月革命によってブルボン王朝が倒れて七月王政が成立すると、政治的、社会的な変動が人々の運命を大きく変える。子爵は亡命し、妻と娘クロランドは親戚のもとに身を寄せざるをえなくなるし、銀行家は事業が破綻して負債をかかえた末に自殺し、財産が差し押さえられてしまう。エステルはクロランドとレオニーに仕事を斡旋することで、経済的な援助を行ない、二人から感謝の目を向けられる。他方エンマは、父親の同業者の堅実な青年と結婚して家庭を築く決心をする。階級的な差異は明示されるものの、この物語には根源的な悪やいまわしい背徳がない。若い娘たちは困難な状況をけなげに克服し、時代の風浪に静かに耐える。慎みをそなえた勇気と、汚れない無垢が娘たちの特性であり、それが彼女たちを保護してくれるのである。ヴィイーが描いた一八三〇年前後の若い娘たちは一種の楽園に暮らしていた。

同じく生理学ものの代表作である『フランス人の自画像』（全九巻、一八四〇―四二）では、その第一巻にやはり「若い娘」が立項されている。こちらは作家ラベドリエールが四ページにわたる長詩という形式で、若い娘の個性を理想化してみせる。娘の若さと美しさは、さまざまな闇と苦難にみちた世界を照らしだす光のようなものであり、未来への希望を紡ぎだす。慎み深さ、敬虔さ、慈愛、そして無垢が彼女の特徴である。

若い娘の慎み深い顔には、彼女の魂が映しだされている。

その魂は聖なる慈愛の炎に強く影響される。〔中略〕
若い娘は汚れなき魂の香りを神にささげ
瞑想によって高みに昇り、
自分の姉妹である天使たちに近づく。(10)

高い美徳をいくつもそなえた若い娘は、こうして天使に比肩される。身体性を稀薄にされた娘、天使化された娘は、先に触れたコルバンがその輪郭を示した夢の女たちと同じ表象世界に位置づけられるだろう。ヴィイーやラベドリエールの作品が喚起する若い娘は、同時代のシャトーブリアン『アタラ』やラマルチーヌ『グラツィエッラ』のヒロインによく似ているのだ。ロマン主義時代の生理学と小説は、異なるレトリックと物語を展開しながら、姉妹にほかならない若い娘たちの肖像を描いたのだった。

十九世紀末における若い娘の変貌――モーパッサンとグールモン

ところが十九世紀末になると、文学においてもジャーナリズムの言説においても、若い娘に関する議論の構図が大きく変化する。無垢で慎み深い存在から何かしら謎めいた存在へ、身体性の稀薄な天使的人間から身体的な存在感を濃密にただよわせる人間へと、人々の集合表象が作りあげる若い娘の肖像が描き変えられるのである。

一八八四年はその点で象徴的な年と言えるかもしれない。ゾラの『生きる歓び』とエドモン・ド・ゴンクールの『シェリ』がほぼ同時に刊行されたのである。前者はノルマンディー地方の海辺の町を舞台

ゾラ『生きる歓び』の新聞連載を告げる広告

に、ポーリーヌというブルジョワの娘が孤児となって親戚のシャントー一家に引き取られ、成長していく物語であり、後者では上流階級に生まれ、陸軍大臣を祖父にもつシェリが、パリの華やかな世界で生きる十九年の短い生涯が語られる。物語の舞台と人々が帰属する社会階層が異なるとはいえ、若い娘を作品の中心に据えてその心理、身体、精神的な苦しみ、子供から娘へと成長する困難な過程、思春期の迷いと不安と喜びなどを表出した点は共通している。

モーパッサンはこの二作品が出版されたのを機に、一八八四年四月二十七日付の『ゴーロワ』紙にずばり「若い娘」と題された記事を寄せ、この二作品が若い娘をめぐる文学表象をみごとに刷新したと称賛するとともに、なぜこれまで作家たちは若い娘の精神と身体のあらゆる側面を分析しようとしなかったのか、と問いかける。たしかに『ポールとヴィルジニー』はあったが、ヴィルジニーは生身の娘というより、一個の観念であり、抽象的なイメージにすぎない（ここでもこの作品が、ロマン主義的な若い娘像を提出した典型的な作品と見なされていることが確認できる）。

もっともこれはモーパッサンの戦略で、スタンダールの『赤と黒』（一八三〇）のマチルド、バルザックの『ウジェニー・グランデ』(一八三三)の女主人公、ユゴーの『レ・ミゼラブル』(一八六二)に登場するコゼットなどをおそらく意図的に等閑視している。いずれにしても一八八〇年代の新しさは、モーパッサン自身を含めて、作家たちが「若い娘」あるいは少女の謎めいた相貌に当惑しているということなのだ。

モーパッサンの主張は、若い娘を知ることはほとんど不可能だという点に集約される。彼女の生活圏域は作家(ここでは男の作家ということだ)から遠く離れたところに位置し、作家が彼女に話しかけることは少なく、彼女の考え、夢想、懊悩の奥深くまで入りこむことはできない。そもそも若い娘は自分自身をよく認識していないのだ、とモーパッサンは言う。現実の襞《ひだ》と秘密の深部に分け入り、観察と分析によって文学を構築する当時のレアリスム作家にとって、それゆえ若い娘は扱うのが困難な主題だったということになる。

若い娘自身も無視する微妙な感覚をどのようにして見つけだせるのだろうか? 彼女はその感覚を説明できず、理解できず、分析することもできない。そして女として成熟したらその感覚をすっかり忘れてしまうだろう。さまざまな秘密の想い、生まれいずる恋心、芽生えはじめた感情、形成されつつある性格のかすかな動き、そうしたものをどのように見抜けるのだろうか?(11)

モーパッサンによれば、若い娘というのは過渡期の存在、いまだ女として成熟する以前の曖昧で不確かな存在にすぎない。愛、情熱、官能、美徳はまだ形成されておらず、ただその漠然とした萌芽が感じられるにすぎない。おそらく内面性が稀薄なのだろうが、その稀薄さが一種の意味深い謎としてとらえられている。同じような認識は、作家が数か月後に発表した短編『イヴェット』(一八八四)においても表明されている。ある作中人物が次のように述べるのだ。「まったく、あの娘には当惑するんだ。おかげで眠れなかったよ。女の子というのは妙なものだ。ごく単純に見えるが、実際のところは何も分からない。経験を積み、恋を味わい、人生を知っている女なら、何を考えているかはすぐ察しがつく。ところが生娘《きむすめ》が相手となると、何も見抜けないのだ(12)」。

ここには、中年の男性作家が年若い娘の内面性の謎と、その不可解な神秘性に戸惑う姿、そして若い娘の心のなかにおそらく過剰なまでの意図と秘密を読み取ってしまう姿が看取される。それに対して彼女が成熟し、恋愛し、結婚してひとりの女になってしまえば、文学者にとっては分析することが容易になる。もはや子供ではないが、さりとて成熟した女でもない若い娘は、その中間領域として、不透明で、神秘的で、謎めいた存在に映ったのである。いずれにしてもモーパッサンは、『生きる歓び』と『シェリ』が、このような若い娘の心理と生態に迫った価値ある文学的試みだとして評価したのである。彼は娘時代が女の子供時代と結婚を隔てる期間であり、結婚と同時に女が新たな存在となることを指摘したわけだが、それによって若い娘がひとつの社会的存在であることも認識していた。

こうした神秘性、おそらくは実体の稀薄な神秘性を付与された若い娘への関心は、モーパッサンの友人で、当時の心理小説を代表する作家だったポール・ブールジェ(一八五二―一九三五)も共有していた。一八九〇年に刊行された『現代恋愛の生理学』は、タイトル自体に先に触れた生理学ジャンルとの類縁性が示されているエッセイだが、そのなかで著者は、現代の恋愛風俗を問いかける分析家にとって若い娘は深い謎だと戸惑いの表情を見せる。

現代のパリにおいて、十八歳から二十歳の若い娘の人生は理解しづらいさまざまな対比を含んでいる。若い娘というのは、現実の無知と先取りされた直感、無垢な処女性と悪に染まる早熟さが驚くほど混淆した状態である。(13)

こうしてブールジェは、貴族やブルジョワ階級に属する若い娘たちの多様なタイプを分類してみせた。その後二十世紀に入れば、若い娘の表象はプルーストの作品に登場する「花咲く乙女たち」として開花することになるだろう。(14)あるいは現代のわれわれには、むしろナボコフの『ロリータ』(一九五五)が想起されるところだろうか。「ロリコン」の語源となったこの淫靡《いんび》で周到な作品は、中年男が十二歳の娘に惚れ込み、翻弄される物語である。もっとも、あどけなく無邪気に見えたロリータが、じつは男を手玉にとる宿命の女としての相貌を最後に露呈するのだが。

モーパッサンの記事からおよそ二十年後、批評家レミ・ド・グールモンが「現代の若い娘」(一九〇一)という時評で、同じ観点を共有している。妻や母になるまでの過渡期とはいえ、そして当時の女性の結婚年齢を考えればその過渡期はけっして長くなかったとはいえ、思春期と娘時代が女性のライフサイクルにおいて重要な位置を占めることが確認されている。グールモンの特徴は、十九世紀はそれ以前の時代に比べて結婚年齢が上昇したせいで、娘時代がしだいに延びたこと、その時間の猶予が若い娘を「新たな社会的単位(15)」として成立させたことを指摘している点である。

晩婚化だけが問題なのではない。一八七〇年代以降、時の第三共和政は良識をそなえた市民を創りだすため公教育制度の拡充と整備に努め、その一環としてそれまで軽視されていた女子教育を改善した。女子とりわけブルジョワ階級の女子が中等教育、さらには高等教育の分野に参入することによって、独身時代が延長されるようになっていた。若い娘とはまさに、家族制度と結婚観の変化、そして教育システムの発展が相乗的に作用したところで生まれたひとつのカテゴリーだったのである。

要するに十八世紀までも、それ以前もいつでも、さまざまな若い娘たちは存在した。だが類型としての「若い娘」はいなかった。類型としての若い娘は十九世紀の発明である。それは晩婚化ゆえに当然生じた現象であり、晩婚化は世襲制の衰退から生じた現象にほかならない(16)。

社会と習俗の変化に由来する現象として若い娘の存在をとらえたグールモンは、しかしモーパッサンやブールジェと異なり、彼女のうちに秘密や神秘性や謎めいた影を読みこむことはない。若い娘の脳裏に宿るのは愛や情熱の夢想であり、素敵な結婚相手に出会うことへの希望であり、娘時代とは結婚前の不安定で、しばしば不毛な過渡期である、と言明するくらいだ。他方で、ロマン主義文学に見られたような若い娘の無垢、慎み深さ、敬虔さを強調する姿勢、要するにその天使性を言祝ぐ姿勢とも無縁である。現代でも若い娘の無垢や、無邪気さや、美徳が際立たせられることがあるとすれば、それは女の身体性や官能性を巧妙に隠蔽するためのレトリック戦略にほかならず、結婚相手の女性に処女性を要求していたブルジョワ男性の幻想なのだ。「家庭を築く若い女性というイメージは、男性の、雄の発明品である」[17]とグールモンは主張してはばからない。当時の男としては、グールモンは男女関係の表象をめぐるジェンダー的な力学によく気づいていたと言うべきだろう。

とはいえ、グールモンが社会や家庭や男にたいして女の自立と解放を求める「女性解放論者」だったわけではない。むしろ、彼は晩婚化や女性の解放には懐疑的であり、家庭生活にこそ女の幸福があると考える伝統主義者だった。十九世紀末の社会情勢や習俗の変貌を意識しながら、そして同時代のフランス人たちの不安を共有しながら、彼は若い娘という存在が創出された歴史的経緯に迫った。そして、たとえばモーパッサンに見られるような、ときには根拠のない神秘性をまとわせられた若い娘の肖像を脱神話化してみせた。若い娘は天使でもなければ、謎めいた存在でもない。それは繊細な魂と脆弱な身体をそなえた社会の一単位として措定されたのである。

エドモン・ド・ゴンクール作『シェリ』の意図

生理学ジャンルやジャーナリズムの言説を離れて、文学の領域に目を向ければ、若い娘はどのように語られてきたのだろうか。十八世紀の『マノン・レスコー』のヒロインや、十九世紀になればバルザック、スタンダール、さらにはユゴーやミュッセの小説には、異なる社会階層に帰属するさまざまなタイプの若い娘が登場する。『ウジェニー・グランデ』の主人公や、『レ・ミゼラブル』に登場するお針子ファンティーヌや、その娘コゼットを想起すればいいだろう。

そうした女性像と比較して、十九世紀末の小説に登場する若い娘の表象において特徴的なのは、その身体と病理にたいして鋭い視線が向けられたということだ。魂としての若い娘から、生理学的存在としての若い娘へ、愛によって浄化される娘から、身体によって苦悩を味わう娘へ。その変貌こそが、十九世紀文学における女性表象を特徴づける分水嶺と言えるだろう。その点を、ひとつの作品にそくして分析してみよう。モーパッサンが新聞記事で論じたエドモン・ド・ゴンクール作『シェリ』で、その梗概は次のとおりである。

代々続く軍人の家系オダンクール家に一八五一年に生まれたシェリは、幼くして父を失い、母は夫の戦死の衝撃で精神を患い、幽閉されてしまう。一族の領地アルザス地方のル・ミュゲで、シェリは祖父のオダンクール元帥と使用人に囲まれながら成長していく。やがて元帥が、ナポレオン三世に請われて陸軍大臣に就任すると、シェリもまた田舎の地所を離れてパリに移り住み、町の中心部に位置する広い公邸で暮らすことになる。祖父に溺愛され、望むものはすべて手に入るような環境のなかで、シェリはパリ上流社会の習俗と社交術を学んでいく。同年代の女の子たちとの交際、病、読書、音楽、社交界へのデビューなどが思春期のシェリの生活を彩る。人目をひく際立った美貌の持ち主で、ファッション感覚にすぐれ、家柄も申し分ないシェリは真の恋を経験することもなく、一八七〇六月、わずか十九歳で息絶える。

『シェリ』は小説としては起伏に乏しく、主人公の運命を変える劇的な事件が起こるわけでもない。それは作家自身がよく自覚していたことで、この作品はロマネスク性を追求するのではなく、ひとりの娘の誕生から、幼少期、思春期を経て早い死に至るまでの人生を叙述した、第二帝政時代の若い娘をめぐる「個別研究《モノグラフィー》」になっている。

ゴンクールが若い娘を分析したのはこれが最初ではない。エドモンが弟ジュールと共作した小説『ルネ・モープラン』（一八六四）では、パリの裕福なブルジョワ娘の日常生活と社交の儀式が、印象的な細部とともに絵巻物のように展開する。一八七五年に新たに付した序文で、作家は次のように記した。「われわれは何よりもまず、できるだけ想像力を交えずに現代の若い娘を描こうとした。それはこの三十年間の芸術的で、解放的な教育が創りあげた若い娘の姿にほかならない[18]」。また一八八一年に出版された小説『ラ・フォースタン』の序文のなかで、ゴンクールは次のように主張していた。「私は、首都の温室で育てられ、成長する若い娘に関する心理学的、生理学的研究となるような小説、人間についての資料に依拠した小説を書いてみたい[19]」。『シェリ』はこの意図を実現した作品なのである。首都パリの上流階級に生まれ育った女性の心理と習俗にたいして、ゴンクールが持続的に強い執着をもっていたことが分かる。

若い娘を文学に登場させた同時代の作家は他にもいた。ではゴンクールはどこに革新性を求めたのだろうか。

作家は、若い娘を登場させた文学がすべて男の視点から語られるばかりで、女性自身の声と感覚、かつては若い娘だった女性自身の声と感覚がそこに響いていないと嘆いた。女性の内面深くに宿り、しばしば男たちには未知な「女性性 féminilité」が等閑視されていると批判したのである。見慣れないこの féminilité という語はゴンクールの造語で、すでに一八五〇年代から使用されていた。『シェリ』を執筆するため、彼は女性の友人や知り合いから娘時代の経験に関する証言と思い出を収集して、研究用の資料にした。ゴンクール兄弟の『日記』には、第二帝政期から第三共和政期のパリ上流社会の女性たちの習俗やファッションをめぐって、数多くの細部が記されており、そうした記述はときにそのまま『シェリ』の挿話として取りこまれている。その意味でこの小説は、個人の貴重な証言や記憶を活用したうえで書かれた若い娘の個別研究であり、同時代の若い娘の心理と生理に関する歴史書の輪郭をまとっているし、ゴンクールは「序文」のなかでそのことを自負していた。

小説『シェリ』は、歴史書を執筆する際に行なうような探究を経て書かれた。こう言ってよければ、子供時代から二十歳までの時期の女性について、女性という存在の秘められた女性性 féminité について述べた本はほとんどない。これほど多くの女性の談話、打ち明け話、告白をまじえて創作された作品はほとんどない(20)。

若い娘の身体と病理

ル・ミュゲの牧歌的な田舎に生まれたシェリだが、その子供時代はけっして幸福な雰囲気に包まれてはいない。愛する夫の戦死に衝撃を受けて精神の均衡を失った母が、地所の片隅に設けられた四阿《あずまや》に幽閉されたせいで、シェリは母との接触を絶たれ、母の愛を奪われる。オダンクール元帥に仕える使用人たちが彼女の世話をし、周囲の自然の魅力に開眼させようとするが、母方の遺伝もあるのだろうか、シェリは感覚が過敏で、精神的な不安定さを示し、「神経的にとりわけ繊細な(21)」女の子として成長する。作者は、ヒロインが神経症的な体質の持ち主であることを示唆しているのである。

シェリがパリの中心部サン＝ドミニク通りの屋敷に住むようになると、その傾向はいっそう強まっていく。これ以後、人生のさまざまな出来事はすべてシェリが幼い子供から、思春期を経て若い娘に成長していく過程に寄与する出来事として記述される。いや成長というより、シェリの病的素因がしだいに顕在化していく過程として、というほうが正確だろう。そしてその過程は、身体的に若い娘として形成されていく過程、「女性性」が芽生え、シェリがそれに当惑し、やがて受け入れ、しかしそれを開花させることのできない苦悩を背負う過程と重なりあう。猩紅熱《しょうこうねつ》を患ったときは、「女の子はこの病から回復すると、驚くほど成長する。女の子のなかで、精神的な女が少しだけ姿を見せるのだ[22]」。十二歳で初めての聖体拝領を受けるに当たっては、この宗教儀式のなかに官能的な雰囲気、ほとんど性的な愉悦を覚えるほどだ。そして十三歳でシェリが初潮を経験すると、作家はそれが女の子から女性への変貌を遂げる「身体的革命」だとして、同時代の医学書に依拠しながら、パリと地方における初潮年齢の違いについて一般的な命題を提出する。

シェリのからだで、女の子が愛の被造物、月経のある女性に変貌するという謎めいた現象が起こっていた。

パリの女の子では、生殖能力をもたらすこの身体的革命が、フランスの諸地方に住む女の子よりも一、二年早く生じる。これは医学によって確認されていることで、パリの女の子の思春期は十三歳から十四歳のときに始まるのだ。私が受け取った母親たちからの手紙によれば、専門家の医師たちの著作で示されている年齢よりもっと早くに初潮が始まったという例さえある〔中略〕。

サロンの沸きたつような雰囲気、想像力の刺激、恋の誘因、女の子たちが自分のなかで響かせる音楽のリズム、そうしたものが女の形成を促し、早めるのだ。温室の湿った暖かさが花の開花を促すのと同じである。[23]

ゴンクールが医学に言及しているのは、彼がこの挿話を語るに際して、生理学者ラシボルスキーの『月経概論』を参照したからである。[24] 統計や、世間の母親たちから届いた手紙を引き合いに出すのは、社会学者としての振る舞いと言えよう。女子の初潮は誰にとっても秘密ではないが、それ以前の文学であからさまに語られたことはない。『シェリ』と同年に発表されたゾラの『生きる歓び』でも、ヒロインの娘ポーリーヌの初潮が重要な出来事として描かれている。十九世紀前半のロマン主義や、それ以前の時代と異なり、自然主義文学は身体的で、生理学的な存在としての若い娘の姿を強調したのである。『アタラ』や『グラツィエッラ』のヒロインは無垢な処女であり、彼女を愛する青年たちにとって夢の女であり、その身体性は限りなく透明だった。他方ゴンクールやゾラの作品に登場する若い娘は、身体と生理によって規定される存在にほかならない。

シェリを身体的存在にするのは、猩紅熱や初潮といった直接身体に関わる次元だけではない。知性の作用、芸術の実践、社交生活の儀式などすべてが彼女に女としての欲望や、夢想や、興奮を注ぎこんでいく。ひそかに読み耽る世間で評判をとっている新聞小説では、官能的な不倫の恋物語が語られ、シェリに未知の悦楽の世界をかいま見せる。音楽を習うと、楽器の妙なる調和が彼女の心に漠然とした欲望をかき立てずにいない。香水の奥深い世界、華やかなファッションの趣味（第二帝政期の有名なクチュリエであるパンガやウォルトをモデルにした、ジャンティヤというデザイナーが登場する）がシェリの美と身体への意識を過剰なまでに研ぎ澄ませる。ファッション感覚に優れたシェリが身にまとうドレスや化粧は

ジャン・ベロー《舞踏会》(1878)。華やかな社交生活の一場面である。ベロー(1849-1935) は上流社会を描いた風俗画で人気を博した画家。

人々の称賛を浴び、男たちの視線を引きつけずにはいない。見つめられる身体としての若い娘、そしてみずからの身体に自己陶酔的に見いる若い娘――それが十九世紀末の小説が提示するジェンダー表象である。『シェリ』やゾラの『ナナ』には、そうしたジェンダー表象がじつによく示されているのだ。

ゴンクールには、当時の男性作家としてはめずらしく、女性ファッションへの深い造詣と繊細な趣味がそなわっていた[25]。彼を代弁するかのように、作中人物のジャンティャは上流階級の女性たちの衣裳をデザインしながら、衣裳と化粧は自然を芸術の域にまで高める技術だと宣言するほどだ。しかし、そこには女性にとっての陥穽も潜んでいた。高井奈緒が指摘したように[26]、シェリにあってはは衣裳への情熱が昂じることが、神経症の高まりや充足されない性的欲望と表裏一体になっているのである。シェリは白いドレスを好むのだが、しかしその白はもはやロマン主義時代のように無垢や処女性の寓意として価値づけられるのではなく、病理の徴候として、来るべき死の予兆として機能するのだ。
こうしたさまざまな経験はシェリのうちに、まだ対象が見いだせない情熱、その名を口にできない漠とした渇望を芽生えさせる。それを決定づけるのが、パリの上流社会で頻繁に催される舞踏会である。艶やかなドレスに身を包んだ彼女は、元老院で開催される大舞踏会で、社交界デビューを果たすことになるのだが、それは十六歳の娘が愛と結婚の市場へと参入する通過儀礼的な意味を有する。前述したように、十九世紀ブルジョワ社会では女性が十代後半から二十代前半で結婚した。社交界に足を運ぶこと、とりわけ舞踏会に姿を現わすことは、結婚戦略の不可欠な要素だったのである。青年たち（花婿の候補たちだ）とダンスを踊るのは、若い娘と青年が身体的に、ときには濃密に接触をもつということであり、とりわけワルツは官能的なダンスと見なされていた。社交界の習俗は若い男女の遭遇を設定し、官能性を刺激し、欲望を煽りたてる。ゴンクールはその妖しい魅力と危険な罠を指摘することを忘れなかった。

上流階級の生活、つまりこうした舞踏会や、コンサートや、夜会で若い娘は快楽を吸いこむ。あらゆるものが若い娘の官能をそそり、彼女の欲望を目覚めさせ、肉体に語りかける。器楽曲のなめらかな音、美男のテノールが歌うけだるげなロマンス、踊り手の女が男の腕に抱かれてくるくる回り、失神するほどの陶酔感を味わうあのワルツ、熱帯植物の芳香をただよわせる暑さ、そしてシャンペンが注がれたグラス、といったものがそうだ〔中略〕。娘たちはそこでうっとりして、光と男たちのまなざしに酔いしれる。[27]

しかし美しく、魅惑的な娘でありながら、シェリは求婚者になりうる青年たちに愛されることがない。愛と悦楽に憧れながら、それが充足されることはない。そして求められない美しさは不毛であり、満たされない愛の欲求は若い娘に神経症やヒステリーを誘発する。シェリは性についても、愛の快楽についても何も知らない。そしてまさにそれゆえ、小説の最後で彼女は衰弱し、精神的な変調を来し、神経症の発作を起こして卒倒してしまう。そのとき、周囲の男たちは彼女の哀れな変貌に驚き、目を背けてしまう。憐憫の情に駆られる以外は、もはや男たちはシェリに目を向けようともしない。一時期は社交界の女王として君臨し、男たちの視線を一身に集めたシェリは、もはや誰にも見つめられない娘であり、そうなれば彼女の存在理由は喪失する。彼女がわずか十九歳で絶命するのは、それから数か月後である。

十九世紀の初頭から末期にいたるまで、医学、生理学、ジャーナリズムの言説、文学が若い娘をめぐってさまざまな表象を紡いだ。文学の領域で言えば、世紀前半のロマン主義が無垢で天使的な若い娘のイメージを特権化したのに対し、後半のレアリスム小説は身体性と病理を色濃く刻印された若い娘を登場させた。文学的表象にうかがわれる変化は、女に向けられる男のまなざしのヴェクトルが変わったことを示し、同時に、男女の感情的、感覚的な力学が推移したことも明らかにしてくれる。「若い娘は十九世紀の発明である」と批評家グールモンは主張した。確かにそうだろう。文学の言説は、その若い娘をめぐる集団的想像力の構図をあざやかに示してくれるのである。

第二章　感応遺伝という神話

科学や医学の歴史を眺めると、ある時期まで、あるいはある一時期に人々の大きな支持を得たものの、現在ではまったく顧みられなくなった学説がある。かつてそれを支持したのは専門知識のない一般人だけでなく、科学者や医学者自身でもあった。その後の発見や研究の進展にともなって、今では単なる謬見や臆断と見なされるようになり、世間の雑談の種になることはあっても、まともな科学的議論の対象にはならない。近代初期まで信じられ、ローマカトリック教会当局が公認していた「天動説」は、その一例だろう。

とりわけ人間の身体と精神にかかわる医学や病理学上の学説は、それが人々にとって身近な話題であるだけに、さまざまな議論を引き起こしたし、現在でも眉唾物の臆説がまことしやかに唱えられたりする。西洋の十九世紀は臨床医学が体系化され、精神医学が整備されていった時代として知られているが（そしてパリはその中心地のひとつだった）、それにもかかわらず、あるいはまさにそれゆえ他方では、検証可能な科学知識の外部で、信憑性の不確かな学説が流布するということが起こったのだった。

感応遺伝とは何か

十九世紀から二十世紀初頭にかけて一世を風靡した「感応遺伝 imprégnation」という概念もそのひとつである。これは「影響遺伝 hérédité d'influence」さらには「テレゴニー télégonie」とも呼ばれ、テレゴニーという学術用語のフランス語での初出は一八九三年である。その要点は、女性が初めて性関係をもった男性によって心身ともに深く影響され、その影響を終生保つというものだ。その結果、後に別の男性との性交渉で妊娠し、出産すると、その子供が最初の男性に似ることがあるという。換言すれば、女性は最初の性的経験によって身体に刻印を受け、その刻印がけっして消えずに残るということである。当時具体的な例としてしばしば挙げられたのは、女性が最初の夫と死別してしばらく経って再婚したとき、生まれた子が再婚相手との子であることは間違いないのに、容貌が最初の夫に似ているという現象である。

遺伝のメカニズムや染色体理論が広く共有されている現在ではまったくの空想であり、学説としてまともに論じられることもない。しかし生殖のメカニズムさえ完全に解明されておらず、遺伝理論が不確かで、染色体の存在が知られていなかった時代には、この感応遺伝は単なる臆説として否定されるのではなく、賛否両論を含めてまじめな議論の対象になっていた。付言するならば、この問題は日本でも一九一〇年代に雑誌『青鞜』を舞台にして、伊藤野枝、平塚らいてう、与謝野晶子らのあいだで「貞操論争」として論壇をにぎわした。女は男との性交によって血が永久に影響されてしまい、それが子孫に伝わるというのが趣旨で、女が多くの男と関係をもつことは血統を乱れさせると考えられた。「血の純潔」、

「血統の純潔」を維持するために女は処女のまま結婚し、貞操を守るべきだというのが当時の通説だったという。(1)

西洋においても日本においても、このような論争では女性の身体と生理学にたいする強い関心と、結婚と家族をめぐる倫理的、衛生学的な配慮が際立っていた。そしてフランスの場合、十九世紀末になれば民族の健全さにまつわる政治的な思惑さえ絡まっていたのである。感応遺伝の言説は歴史家の想像力を刺激し、文学者たちによる物語の構築に本質的な要素を提供することにもなった。科学や医学は専門家集団の議論に留まることなく、人々のあいだに荒唐無稽な妄想を産出することがあるものだが、しかしそれは他方で、同時代の人々の集合表象の一端を垣間見せてもくれるのである。

ではいったい、感応遺伝はどのような集合表象を素描しているのだろうか。

先駆者プロスペル・リュカの著作

感応遺伝という言葉は十九世紀の発明だが、現象として存在しうるのではないかという仮説はすでに十八世紀の哲学者マルブランシュや、医学者ルーセルの『女性の肉体的、精神的体系』(一七七五)で素描されていた。(2)十九世紀になると、イギリスやドイツ、そしてフランスの医学者たちが、馬や犬など飼育動物の種付けをめぐって、雌が交尾した最初の雄の形質が、その後別の雄とつがって生まれた仔馬や仔犬にまで受け継がれる例を報告するようになる。植物の領域でも類似した現象が観察されていた。では人間にあってはどうなのか。

その問題に触れて、感応遺伝の概念を作家や知識人のあいだに流布させるのに貢献したのが、プロスペル・リュカ（一八〇八―一八五）にほかならない。一般には『遺伝論』と呼びならわされている彼の主著の正式な表題は、『神経組織の健康状態および病的状態における自然の遺伝をめぐる哲学的、生理学的概論。遺伝が原因の疾病を治療するに際して生殖の法則を体系的に適用すること』（一八四七―五〇）という長いもので、二巻合わせて千五百ページを超える大著である。遺伝の法則を探ると同時に、病理や犯罪傾向など当時は負の遺伝と考えられた現象をどのようにして改善するか、という実践的な配慮を含む。十九世紀後半には、遺伝に関する基本文献のひとつとして頻繁に引用されことになった。リュカは他にも神経症や教育制度についての本を書き残しているが、現代ではひとえにこの著作によって医学史に名を留めているのだ。著作の第三部第一書の第四章が「影響遺伝について、あるいは子供の肉体的、精神的性質において以前の配偶者がしめる割合について」と題されており、リュカ自身は感応遺伝 imprégnation という語ではなく、影響遺伝 hérédité d'influence という語を使用しているのだが、同じ現象を指し示す(3)。

感応遺伝の現実性を示す例として、古来しばしば引かれてきたのは、人妻が不倫をして愛人とのあいだに生まれた子供が、夫に似ているという現象である。それならば夫は、自分が子供の父親であることを疑わないだろうし、妻のほうは不倫が露見せずにすむ。それゆえ「不義の子は母親を免罪させる」という諺が流布したほどだった。遺伝子的には夫と子供に血の繋がりはないのに、なぜ子供は夫に、つまり法律上の父に類似するのか。当時まことしやかに持ちだされた論拠は、心理的、倫理的なものだった。不倫に走る女はたとえ恋人をどれほど愛していても、当時の道徳観念からすれば逢引きの最中に疚《やま》しさや罪の意識にとらわれるはずだ。秘められた愛に身をゆだねながら、女は夫を恐れ、その顔を思い浮かべずにいられないのではないか。その不安と後悔が不義の子に夫の相貌を付与してしまうのだ、と医学者のなかにも信じる者がいたようである。

リュカはこの現象に異なる解釈を施す。先行した医学者たちは心理的な思惑、「想像力」の結果として、不義の子が夫に似ると指摘したわけだが、リュカによれば肉体的、精神的な形質の遺伝において心理や想像力はいかなる機能も果たさない。受胎の瞬間に、母親の想像力や不安が胎児の形成を規定することなど医学的にありえないと彼は主張する。犬や馬に不倫はないし、したがって最初に交尾した雄に類似した仔犬や仔馬がその後産まれることを、心理的な理由や想像力の作用によって説明できないではないか。不義の子が夫に似ているとすれば、それは女がいっしょに暮らしてきた夫の体液に浸透され、それを身体化したせいであろうとリュカは推測した。

同様にリュカは、最初の夫と死別した女性が再婚相手とのあいだにもうけた子供が、亡くなった最初の夫に似ることは十分ありうると認める。ただしそれは女性の心理が作用するからではなく、遺伝は純粋に生理学的な現象であり、しかもそれが生起する頻度は、一部の医学者たちが主張するほど高くはない、と留保をつけるのを忘れない(4)。

リュカという人物については、医学者だったということ以外ほとんど何も分かっていないし、刊行された著作もごく少ない。いずれにしても、一八五〇年前後の西欧では生殖に関してはいまだ謎や神秘の領域が広がっていた。リュカは感応遺伝の可能性を認めつつ、それを医学的に解明できるほどの説得的な原因を見出しえなかった。

ミシュレと愛の言説

リュカは感応遺伝のメカニズムを説明しきれずに神秘のヴェールを下したままにしたが、その神秘性はひとりの歴史家が感応遺伝という現象に熱烈な関心を抱き、著作のなかで言及することを妨げなかった。その歴史家とはジュール・ミシュレ（一七九八―一八七四）であり、彼は『愛』（一八五八）のなかでリュカを繰り返し参照している。

ミシュレと言えば、フランスでも日本でも膨大な『フランス史』（一八三三―七五）、とりわけ『フランス革命史』（一八四七―五三）の著者として記憶されているだろう。実際、十九世紀前半はフランスのみならず西洋諸国で歴史学が近代的な学問として制度化され、国家や国民の歴史がはじめて体系的に構築された時代だが、ミシュレの『フランス史』はその潮流を証言する文字どおりの記念碑にほかならない。(5)

しかし他方で、ミシュレには博物誌的な著作の書き手という、あまり知られていないもうひとつの顔がある。その契機になったのが、彼より三十歳近く若い女性アテナイスの存在である。最初の妻を失ってしばらく寡夫暮らしを続け、研究と執筆に没頭していたミシュレは、五十歳を過ぎた頃に出会った彼女に電撃的な愛を感じ、ほどなくして彼女と結婚する。若く美しいアテナイスとの生活は、自然や風景や生物へと、そしてとりわけ女性や愛のメカニズムがはらむ神秘性へとミシュレの関心を向けさせることになった。こうして『鳥』（一八五六）、『虫』（一八五七）、『海』（一八六一）などの博物誌と、『愛』、『女』（一八五九）、『魔女』（一八六二）という歴史を踏まえながら同時代の家族制度や、女性の地位を考察したジャンルとしての分類が困難な、しかしじつに興味深い書物が綴られたのだった。

全五章からなる『愛』は、「愛の対象を創造すること」、「手ほどきと交わり」、「愛の受肉について」、「愛のものうさについて」、「愛の若返り」という章の題から分かるように、女性の生涯を愛と性の諸段階と関連づけながら論じていく。それは同時代の現状にたいする危機感と、ミシュレ自身の妻アテナイスに向けられた観察と分析のまなざしから生まれた稀有な書物である。現状にたいする危機感というのは、家族や男女の結びつきがかつてのような堅固さを喪失しつつあり、作家や哲学者も愛と女性を語りながらその本質に迫っていないという認識である。


愛の問題が今日また真剣に見直されてきている。非凡な作家たちが、あるいは不滅の小説のなかで、あるいは雄弁で痛烈で峻厳な理論のかたちで、その問題をさかんに論じてきたのである。〔中略〕私と彼らのあいだの見解の相違は、拙著によって十分明らかになるはずである。私は彼らに敬服し、好意にみちた尊敬の念さえいだいているのだけれど、彼らがどの側からも主題の本質を十分に洞察していないということだけは言わざるをえない。

生理学的な面と、精神的な実践面という、愛情の二つの面が、まだ曖昧なままになっているのである。[6]（森井真訳）

ここでミシュレが念頭に置いている「作家たち」とは、恋愛と結婚の機能不全を物語化したバルザックやジョルジュ・サンドであり、愛の共同体を夢想したフーリエやサン＝シモン主義者など社会主義の思想家たちである。彼らの才能を認め、問題意識を共有しつつも、その解決策には賛同できなかったということだ。

他方、アテナイスを夫として愛しただけでなく、年齢差ゆえにほとんど父として慈しんだミシュレは、彼女の身体、生理、情動、身ぶり、言葉をこまかに観察し、それを日記に詳細に記録した。その配慮には、彼女が蒲柳《ほりゅう》の質だったことが影響したと言われる。絶えず病気がちで、夫の性的求めに応じることをためらっていたアテナイスにたいして、ミシュレは医者として振る舞おうとする。月経、妊娠、出産などで妻がしばしば虚弱な状態に置かれるのだから、夫は医者になるべきだ、とミシュレは主張する。女は身体的、生理的な宿命で苦しむのだから、男はその苦しみを慰撫する役目を担わなければならない。

ここには妻に向けられたやさしい配慮と同時に、若い女の身体に注がれた、不謹慎とさえ言えるような窃視症《せっし》的な視線が読み取れる。ミシュレは若妻の顔色や、身ぶりや、からだの輪郭に注意深いまなざしを注ぎ、彼女の感情の起伏や、欲望の表出や、悦楽の徴候を真剣に観察し、日記に記録したのである。こうしてアテナイスとの夫婦生活の細部が、婉曲的な表現が多いとはいえ微に入り細をうがって語られることになった。

交接における自然の目的は、子供をつくることである。他方、結婚において男がめざす目的と務めは、女のなかに少しずつ浸透すること imprégnation である。すなわち第一に、女と結びついて自分に似た存在にするため、つまり女を今まで以上に愛するためだ。第二に、女を受胎させ、女に肉体的、精神的な果実を与えるためである。

女のほうもまたより間接的とはいえ、美にそなわるあらゆる手段をもちいて、男に自分を浸透 imprégner させるべきである。(7)

これは一八五七年六月、『愛』を執筆していた頃の記述である。妻の療養のためもあって、ミシュレ夫妻は当時、パリの南五〇キロほどに位置する町フォンテーヌブローに逗留していた。広大な森と自然の息吹がアテナイスの官能を刺激し、ミシュレはそれを喜んだ。「浸透する」と訳した原語が imprégnation で、すでに指摘したように「感応遺伝」を意味する言葉でもある。ミシュレにとって結婚生活と性の交わりの理想は、男女の肉体と精神が相互的な浸透作用を起こし、女の肉体が男の肉体という鋳型に嵌入《かんにゅう》されることにあった。

とはいえミシュレの目から見れば、女性の身体は究極的な神秘であり、それだけいっそう興味を引かれたのだった。それゆえ、リュカが記述した感応遺伝はまさしく女性の身体の奥深い神秘を垣間見せる現象にほかならなかった。ロマン主義時代にしばしば詩的な崇拝の対象になってきた女性は、男性に較べてはるかに強く愛にコミットし、懐妊と出産の体験は女性を根本から変えるとミシュレは確信していた。そのとき明瞭な参照基準として持ちだされたのが、リュカの著作である。再び『愛』から引用しよう。

他の資料（リュカ第二巻六〇ページ参照）にもとづく諸事実によれば、男がいとも軽々しく振舞うあの愛の結びつきは、女にとっては男とはまったく異なって、かつて誰にも考えられなかったほど意味深く決定的なものだ、ということが明らかになり始めている。女は自己のすべてを永久に与えてしまうのである。下等動物の牝に見られる現象は、人間の女性についてそれほど必然的ではないまでも、やはり同じように認められるのであり、受胎は恒久的に女を変貌させる。寡婦は再婚した夫とのあいだに、しばしば初婚の相手に似た子供を生むのである。

　この事実は偉大で、しかも怖るべきものである[8]。

だからこそ男は女を保護し、女を慈しみ、女の快楽に配慮すべきであるというのがミシュレの見解だ。感応遺伝は、女の脆弱さを非難するためではなく、男に責任を自覚させるための論拠として持ち出されるのである。彼はさらに続けて、「受胎した女はどこにいても、みずからのうちに夫を内包していることになる」と書き記す。これは感応遺伝への信念を示すひとつの表現である。ミシュレから見れば感応遺伝は不安な事態ではなく、女性の愛の侵しがたい神聖さを示してくれるものだった。

　未来にまで受け継がれる持続的な受胎という原理は、一見したところ避けがたい宿命のように人々の心を暗くするかもしれない。しかし他方でそれは、愛の秘められた危機を精神的にきわめて深いところで照らし出し、霊化してくれるのだ。その原理は無限への飛躍、永遠性に向けての跳躍のようなものを啓示してくれるのだから[9]。

処女のアテナイスと結婚し、愛と快楽によって変貌していく彼女を日々目《ま》の当たりにしていたミシュレは、彼女の性と官能性が彼によって形成されたと確信していた。リュカが医学的仮説として提出した感応遺伝の原理は、ミシュレにとっては愛しい妻と共有される日常的な現実だったのである。

ゾラの『マドレーヌ・フェラ』

リュカは医学者として論じ、歴史家ミシュレは感応遺伝を信じていた。しかし学問や科学の領域では、十九世紀半ばの時点でこの遺伝理論がひろく受容されていたわけではない。ピエール・ラルースの『十九世紀大百科事典』には《imprégnation》という項目は立てられているが、そこでは生理学用語としてたんに受胎を意味するとされているだけで、感応遺伝という定義は与えられていない。また十九世紀における医学思想の集大成である百巻に及ぶ『医学百科事典』では、そもそも《imprégnation》や「テレゴニー télégonie」という項目が存在しない。科学的な記述の対象になる概念と認識されていなかったのである。

そうしたなか、リュカの著作を熟読して大量のノートを取り、ミシュレの『愛』に感動した駆け出しの若い作家が、感応遺伝を主題化し、それを女の宿命的な悲劇の起爆装置として活用した。作家の名はエミール・ゾラ、作品は青年期の小説『マドレーヌ・フェラ』(一八六八)である。これは彼の代表作『ルーゴン＝マッカール叢書』(全二十巻、一八七一―九三)に先立ち、ゾラが叢書全体の構想を練っていた時期に執筆された小説で、ひとりの女と、彼女と感情的、性的な結びつきを有した二人の男という三角関係の悲劇を語っている点で、後年のゾラ作品に通底する側面をもつ。

作品の梗概は次のとおりである。

マドレーヌは父を亡くした後、後見人に託されるが、彼に凌辱されそうになったのでパリに出奔する。定めない浮草のような生活を送るうちに医学生のジャックと出会い、一年間同棲するが、男は去っていく。その後、ギヨームというある伯爵の私生児で、憂い顔のやさしい青年と恋に落ちる。ある日、ギヨームが学校時代の親友だといって見せてくれた写真に、マドレーヌはかつての恋人ジャックの面影を認めるが、ギヨームには沈黙を守る。まもなくして、ジャックが海難事故で死んだという報せが届く。

父の遺産を相続したギヨームはマドレーヌと正式に結婚し、パリの西五〇キロほどに位置するマントの町近くの屋敷でいっしょに暮らし始める。娘リュシーも生まれ、四年間の完璧な幸福を二人は味わう。ところがジャックが死んだというのは虚報だった。マントで偶然旧友に再会したギヨームは、彼を自宅に連れてくる。動顚したマドレーヌがジャックとの過去をすべて夫に告白すると、妻への愛は変わらないものの、ギヨームは打ちのめされてしまう。そして娘リュシーが自分よりもジャックに似ている気がしてくる。嫉妬と絶望に駆られる。他方マドレーヌはジャックとの接触を絶っても、彼の記憶が執拗に回帰してくる。夫を愛しながらも、ジャックとの過去が忘れられず、ある日パリに出てきて彼の腕に身をまかせてしまう。その間、リュシーは急病で命を失い、罪障感とみずからの宿命的な性に絶望したマドレーヌは毒を仰ぎ、それを目にしたギヨームは狂気の淵に沈む。

『マドレーヌ・フェラ』はかなり長い小説だが、主要な登場人物はマドレーヌ、ギヨーム、ジャックの三人にすぎない。しかもジャックは散発的に姿を見せるだけで、物語の中心的ドラマはもっぱらマドレーヌとギヨーム二人のあいだで展開する。三年前の一八六五年にゾラは『マドレーヌ』という表題で戯曲を書いているが（上演されるのは一八八九年）、小説はその構図を継承したせいで、物語の舞台設定の

パリの学生とお針子たちの集い。ジャックとマドレーヌはこのような状況で出会った。

マドレーヌがジャックと再会するマントの町。19世紀半ばのリトグラフ。

『マドレーヌ・フェラ』の主要人物たちが再会するマントの「大鹿ホテル」。19世紀の宣伝ポスター。

しかた、密室空間が頻繁に描かれること、ジャックの唐突な出現など、いかにも演劇的な要素が多い。一八六五年の時点でゾラが知らず、一八六八年に発見したのが感応遺伝であり、女主人公の心理と身体をめぐる宿命的な破滅の誘因に仕立てあげたのだった。

この小説は当初『恥辱』という題で、一八六八年九月から十月にかけてある新聞に連載されたのだが、連載中に、検察当局から司法的に訴追される怖れがあると警告されたゾラは、作品を単行本化するに際して、一八六八年十一月二十九日付の『トリビューン』紙でその事前検閲に抗議の声をあげる。

私に削除を求めている文章には、作品の命題全体が含まれている。その命題を私はミシュレとリュカ博士から得て、それを峻厳かつ断固たるしかたで悲劇に仕立てたのである。人間の高い倫理性を標榜するこのような医学的研究とも言える作品を書いたことで、私が世間の良俗を損なったと認めるつもりはない。この研究は生理学的な観点から、結婚の絆を永遠のものとして受け入れようとするものだ。「汝は唯ひとりの女と暮らすべし」と宗教や道徳は人間に命じる。「汝の最初の妻は汝の永遠の妻たるべし」と、今度は科学が人間に向かって言う。私はこの科学理論を作品化したにすぎないし、有益で誠実な本を書いたと思っている。(10)

公序良俗に反する作品だと非難されて、いやそうではない、これこそ人間と社会の秘められた真実を明らかにした倫理的な作品だという論駁《ろんばく》のスタイルは、その後もゾラが自分の作品を批判されるたびに、敵対者や批評家たちに向かってしばしば用いることになる。

ギヨームとマドレーヌのあいだに生まれた娘の相貌にジャックの相貌を付与したのは、リュカとミシュレが述べた感応遺伝の明解な事例である。若い女がタイプの異なる二人の男のあいだで心理的、身体的に引き裂かれるという設定は、『クロードの告白』(一八六五)や『テレーズ・ラカン』(一八六七)など青年期ゾラの小説に繰りかえし浮上する主題で、当時の作家にとって強迫観念になっていたことが分かる。それが緊迫した状況と最終的な悲劇を誘発するわけだが、『マドレーヌ・フェラ』において肝要なのはじつはその点ではない。ジャックは何度か登場するが、ほとんど偶発的にすぎず、マドレーヌという女性の苦悶と、身体的な宿命を表象するための口実という印象を読者に与える。ドラマはギヨームとマドレーヌの関係に焦点化されるのである。

ギヨームの嫉妬と苦悩

愛する妻からジャックとの過去を告白されたギヨームは、当然ながら激しい嫉妬に苦しむ。そして娘リュシーがジャックに似ていることに気づいて愕然とする。それが単なる偶然ではなく、妻が自分の腕に抱かれているときにも昔の恋人の愛撫を空想していたからではないか……。

マドレーヌが彼に抱かれてリュシーを身ごもったとき、ジャックのことを思い出していたのではないか、とギヨームは考えた。混乱した頭に、悪夢が甦ってきた。妻は罪深くも、想像のなかで夫の接吻を恋人の接吻と思い込もうとしたにちがいない。夫はこの奇妙な心の姦通のことをあらためて思った。だからこそ、娘はあの恋人に似ているのだ。今では証拠を握っているようなものだった。

自分が演じたおぞましい役回りはもはや疑問の余地がなかった。リュシーは自分の子ではなく、マドレーヌと亡霊の恥ずべき結合から生まれた子なのだ。(11)

これはリュカが遺伝学的には根拠のない幻想として否定した、感情的な要因による感応遺伝の変種である。リュカの著作から着想したといっても、ゾラは彼の理論を忠実になぞったわけではない。そうではなくて、科学的な根拠が薄弱だと判明している事例でも、リュカの著作に記述されている多様な遺伝の形態を取り上げて、登場人物の情動を突き動かし、小説の筋を推進するための要素にしたのだった。夫ギヨームが「心の姦通」と認識するものを、妻マドレーヌははっきりと否定する。私は別離の後、ジャックのことを恋しく思ったことはないし、身も心もすべてあなたのものだった、と。しかし嫉妬に苛まれ、みずからの父性そのものが揺らぐ夫は、妻の必死の主張に耳を貸そうとしない。夫にとって、これは血筋の正統性という家庭秩序の根幹に関わる問題なのだ。妻の性的な過去を追及することは、倫理的な断罪と並行するのである。

苦悩するギヨームは、荒々しく強情になった。娘リュシーが母親の最初の恋人に似ているというようなことは頻繁に起こり、いまだ解明されていない生理学的な法則に由来するということは、こんなに苦しんでいる彼には思い浮かびようもなかった。彼は自分を拷問のように苦しめる残酷な説明の段階に留まっていた。(12)

ここで語り手（あるいはゾラ自身）が物語に介入して、「いまだ解明されていない生理学的な法則」に言及しているが、これがリュカやミシュレから学んだ感応遺伝の表明であることは今や言うまでもない。ギヨームとマドレーヌ自身はこの時点で、生理学的な法則かもしれない感応遺伝という名称すら知らないのだが、リュシーがジャックの相貌を想起させることには二人とも無頓着ではいられない。やがてリュシーの顔をしばらく見ずにいるため、二人は娘を召使いに託して旅に出る。だがそれも問題の解決にはならない。無垢なリュシーは、忌まわしい過去を絶えず現前させる生きた証拠にほかならないから。

しかも、それだけではない。

感応遺伝の原理は、夫とのあいだに生まれた子供に最初の恋人の相貌が宿るという遺伝の問題として物語的に提示されるだけではない。女性自身が、最初の恋人によって表情や、身ぶりや、言葉遣いに至るまで強く影響されてしまうという特徴として具現する。女は男の色に染め上げられてしまうということである。リュシーとジャックの類似を認めたギヨームは、やがて妻とジャックの相似点にも気づく、少なくともそのように確信する。娘だけでなく、妻さえもジャックの消しがたい存在感を主張してくるのである。それは愛する妻を完全に所有できない夫、娘にたいする完全な父性を否定されたと感じる父親が抱く妄想として片づけるには、あまりに重大な状況である。作家ゾラは、感応遺伝を人間の生殖と身体を統括する究極的な原理に仕立てあげようとするかのようである。作家はこの現象を、マドレーヌという女性の特異で例外的な事例と見なすのではなく、女性一般の避けがたいドラマとして提示しようとした。

実際、ときどきマドレーヌにはジャックと似ているようすが見られた。かつて青年と生活を共にし、彼と接触しながら暮らしていたので、その趣味や立居振る舞いに染まってしまったのだった。一年間、ジャックからいわば身体的な教育を受けたので、彼に似るように形成された。マドレーヌは彼がふだん口にした言葉を発し、彼のいつもの身ぶりや、声の抑揚まで知らず知らずのうちに繰り返していた。この模倣の傾向は、あらゆる女に、いっしょに暮らす男と似たような物腰をいずれ付与することになるのだが、マドレーヌの場合はそのせいで容貌が少し変わり、ジャックのいつもの表情さえおびるまでになった。それは二人を結びつける生理的な宿命の結果だったのである。ジャックがマドレーヌの処女性を成熟させ、彼女を永遠に自分の女にしながら、処女をひとりの女に成長させ、女を自分の痕跡でしるしづけたのだった。[13]

女が最初の恋人と同棲するうちに、彼の表情や、しぐさや、声の抑揚まで身体化してしまう。ゾラが強調したいのは、いっしょに暮らす恋人どうしの趣味や好みが類似してくるという通俗的な臆説ではなく、日常的な肌の接触を経て、女の身体が男の身体に影響されていくという事態である。作家はそれを「生理的な宿命の結果」と名づける。生理的な宿命とは前出した生理的な法則と同義語であり、ゾラの人間観を示す。

『マドレーヌ・フェラ』の作者において、身体はひとつのイメージであり、したがって可視化されるものだ。十九世紀前半のフランスで発明され、広く流布した写真が人間の顔と身体を特権的な被写体にしたように、ゾラ文学において、女の身体はカメラの感光板のように男の身体のイメージを記録し、記憶に留め、ひとたび記憶されればそれを抹消することができない。男による身体的、生理的な影響がしばしば「刻印」、「痕跡」といった言葉で形容されるのはけだし偶然ではない。女の身体は可塑的な物質、さまざまな刺激に敏感で、欲望に向かって開かれた共鳴装置なのである。

マドレーヌと身体の宿命

ではマドレーヌ自身は、みずからのドラマをどのように認識したのだろうか。

ギヨームから写真を見せられるまで、ジャックはマドレーヌの意識的な記憶に残っていなかった。もはや愛のかけらも残存していなかった。絶望と孤独のなかで憔悴していた彼女にとって、パリの学生街でジャックに遭遇したことは偶然であり、恋人になったのも偶然の成りゆきだったのだ。しかし心は忘れても、からだが覚えていた。感情は薄らいでも、肉体には快楽の記憶が残っていたのである。長い不在の後にジャックと再会したマドレーヌはこの身体の宿命を漠然と自覚し、当惑してしまう。

マドレーヌがジャックの腕のなかで我を忘れたとき、彼女の処女のからだは青年から消しがたいしるしを受け取った。破壊できない、内密の婚姻が結ばれたのだった。マドレーヌは生命力が漲り、女の肉体が男と接触することで成熟し、受胎する年齢だった。彼女のたくましいからだと均衡のとれた体質は、豊かな血液と健全な体液をはらんでいただけに深く浸透された。〔中略〕まるでジャックが彼女を胸に抱きしめたせいで、彼女を自分の姿にあわせて型取り、自分の筋肉と骨の一部をあたえ、永遠にわがものにしたかのようだった。〔中略〕生理学の宿命がマドレーヌとジャックを固く結びつけ、彼女はジャックで満たされていた。血と神経が作用するこのひそかな作用が一年続いた後、外科医〔ジャック〕は去っていったが、娘のほうは男の接吻に永遠にしるしづけられ、虜になっていたので、もはやひとりでは自分のからだを律することができないのだった。マドレーヌのうちにはもうひとりの人間、雄々しい要素が棲みついており、それが彼女を補い、力強くしていた。それはまったく肉体的な現象だった。(14)

男女の関係において、情動的な要素より生理学的な要素を、心理よりも体質を強調するのは青年期のゾラ文学の特徴であり、前作『テレーズ・ラカン』の有名な序文ではその既定方針が声高に宣言されていた。男女関係の異なる様相においてその主題を変奏させようとした作家にとって、感応遺伝は女性の身体を、緊迫した、そして避けがたい悲劇の舞台にすることを可能にした概念である。『マドレーヌ・フェラ』では、狭義には娘リュシーがジャックの面影を宿していることに表れているが、ゾラがミシュレやリュカの著作から着想したのはそれ以上のものだった。女性の受胎をめぐる生理学の秘密を超えて、ゾラは、ひとりの女が最初に結ばれた男によって身体的、官能的に永遠に刻印されてしまうのではないかと問いかけたのである。

現代の性科学に立脚すればもちろん単なる妄想の域を出ないだろうが、女性の身体と処女性をめぐってキリスト教が強い規範性を発揮していた十九世紀において、それは科学の信憑性を超えたところで機能するひとつの神話のようなものだった。感情と身体は分離し、身体はみずからの論理を主張する。

マドレーヌの心はもはやジャックを愛していなかったが、からだは宿命的に覚えていて、いまだにジャックのものだった。愛情は消えうせていたが、所有されたことの肉体的な結果はまだ強かった。マドレーヌをひとりの女にした情事の痕跡は、愛が消失しても残っていたのである。ジャックにはもはや秘めた憎しみのようなものしか感じていなかったが、それでも彼女はジャックの妻であり続けていた。ギヨームの愛撫、五年間の抱擁も、マドレーヌが思春期の頃彼女のなかに入ってきた男を、彼女の体内から追い出すことができなかった。(15)

それは血と体液が関わる生理学的な浸透現象であり、マドレーヌは自分の身体と、快楽への欲望をもはや制御できない。その意味で、感応遺伝は個人の意志を超えて、あるいは個人の意志に反して、宿命として彼女の人生に悲劇的な結末をもたらすのである。

救済なき原罪

しかもそれだけではない。身体の宿命は、身体の隷属として認識される。マドレーヌは処女性をジャックに捧げたことで、まるで自分の身体と人生の自由まで彼に譲り渡してしまったかのようである。リユカやミシュレと比較して際立つゾラの独創性は、感応遺伝を女性の身体の神秘的なメカニズムや生殖の謎と捉えるだけでなく、女性の人生全体を決定づける宿命のしるしとして認識したことである。思い起こしてみれば、かつてマドレーヌはギヨームに愛を告白されたとき、すでにその不吉な運命を予感したのではなかったか。

ギヨームに結婚しようと言われた日、女は自分の隷属をはっきりと感じた。自分の思いどおりにならなかったのだ。彼女は結婚生活にすべて捧げることができないし、新しい男と結びつくと考えるだけで、本能的な嫌悪感におそわれて身震いするのだった。思わず、嫌ですという言葉が喉元まで出かかったが、愛情は感じていたので拒否できなかった。ギヨームを愛して、一年前から同棲していたではないか。心の叫びや、血の反抗が警告を発していたが、マドレーヌは耳を貸そうとしなかった。二人目の恋人をもつのは許されていたが、ジャック以外の男と永遠の絆を結ぶことはできないのだった。自由のないからだの叫びに背いたせいで、女はいま血の涙を流しているのだった(16)。

処女だった女が最初の男との性的接触によって永遠に刻印されるという過酷な運命が、マドレーヌの人生を束縛する。マドレーヌとギヨームの夫婦生活を悲劇的な結末が待ち構えていることは、容易に想像がつく。深く絶望した彼女は男の前で毒を仰ぎ、それを目にした男は狂気の淵に沈んでいく。マドレーヌにとってジャックとの愛は原罪のように機能し、その痕跡を終生背負い、死によってしかそれを贖《あがな》うことができないのだ。

原罪という宗教的含意の強い言葉を用いたのは、単なる比喩ではない。この作品には、ギヨームの召使いであるジュヌヴィエーヴという敬虔な、あまりに敬虔な女が登場する。マドレーヌの素性と過去を察知した彼女は、絶えず監視と断罪のまなざしを向けながら、悲劇の予兆を感じとる。そして小説の最後の場面、マドレーヌの死とギヨームの発狂に立ち会い、すべてを悟ったジュヌヴィエーヴは「父なる神が赦し給わなかった！」[17]とつぶやくのである。

リュカやゾラの時代から、感応遺伝をめぐっては賛否両論が並存していた。リュカ、ミシュレ、そしてゾラに共通しているのは、アンリ・ミットランも示唆しているように[18]、感応遺伝が女性のセクシュアリティーをめぐる厳格で、抑圧的な言説の保証として機能しているということである。聖書の人間観によれば、罪深き女性の身体には呪いが刻印されており、女性の欲望とセクシュアリティーを制御するためには、その忌まわしい呪いの恐怖を絶えず想起させなければならない。

ゾラが感応遺伝の理論を真摯に信じたかどうかは、おそらく本質的な問題ではない。女性性の神秘や不透明さに関心が強かった作家は、同時代の医学や生理学の言説に興味を抱いた。感応遺伝は、マドレーヌを身体と情動の宿命に操られる人物として造形し、作品の悲劇的な様相を増幅することに役立った。それは打ち克てない残酷な宿命、避けがたい峻厳な論理として、女主人公を出口のない苦悩と自殺に導いていく。最初の男ジャックと共有した愛と快楽は、聖書の『創世記』のなかでイヴが口に含んだ禁断の果実のように、原罪としてマドレーヌのその後の人生に重くのしかかる。そして彼女に神の恩寵はない。『マドレーヌ・フェラ』は、原初的なキリスト教倫理を同時代の医学的言説に包みこみながら、ひとりの女の逃れえない悲劇を物語ってみせた作品として読み解けるのだ。

世紀末文学からテレゴニーへ

『マドレーヌ・フェラ』ほど明瞭ではないにしても、世紀末文学でも感応遺伝とそれがもたらす破滅を物語化した作品がある。

高踏派の流れを汲むカチュール・マンデス（一八四一—一九〇九）の中編小説『残酷なゆりかご』（一八八九）は、次のような内容である。北フランスの小さな町に生まれ育ったシメオンは、幼い頃から主体性がなく、親や周囲に言われるままの人生を歩む。根がまじめで勤勉なので、パリで法律を熱心に学び、その甲斐あって役所勤めの道が拓ける。上司フォヴェルに気に入られ、その若い妻クレマンスに淡い恋心を抱くようになる。やがてフォヴェルが肺炎で急死し、数年後にシメオンは彼女と結婚する。息子フェルナンも生まれ、シメオンは幸福の絶頂に達したように思われた。

ある時、かつての級友レモンと偶然町中で再会する。遊び人で信頼のおけない男だが、押しの強さで一目置かれていた。レモンは友人が未亡人と結婚したと聞いて揶揄する。女は再婚した相手とのあいだに、最初の夫に似た子を産むという俗説があるではないか……。一笑に付して気にもとめなかったシメオンだが、その言葉が執拗に頭に残り、やがて悪夢のように取り憑く。息子フェルナンが実際フォヴェルに似ているようにさえ思えてきた。悩み抜いた末、シメオンはわが子を殺そうとナイフを手に取るが、妻に見咎められ、絶望に駆られて窓から身を投げる。[19]

他方、矯激なカトリック作家で自然主義文学の敵だったレオン・ブロワ（一八四六—一九一七）の短編『ある歯医者の恐るべき罰』（一八九四）は、さらに陰惨な物語である。歯医者ジェルビヨンは近所の娘アントワネットを愛するようになるが、彼女には既に婚約者がいた。そこで彼はその婚約者をひそかに殺し、アントワネットの悲しみが癒えた頃に求婚し、夫婦となる。ある日、妻が元の婚約者の写真をたまたま保管していたのを知り、嫉妬のあまり引き裂く。しかしそれが逆に、死んだ男の姿をアントワネットの脳裏に刻みこんでしまう。それ以降、死んだ男の亡霊が夫婦のあいだに介在し、一年後に生まれた醜悪な男の子の容貌はぞっとするほどその男に似ていた。ジェルビヨンは三日後にわが子を絞殺する。[20]

主人公が男の写真を破ったとき、「ジェルビヨン夫人の記憶が突然印象づけられて impressionner、男の姿がそこに固定された」[21]、と作家は書き記す。impressionner という語には、写真術に関して「感光させる」という意味もある。婚約者の姿が記憶されるメカニズムが、写真術による身体映像の再現に喩えられている。女の身体をカメラの感光板に変貌させ、そのカメラが消滅した人間を再現前させる操作として、感応遺伝が捉えられていると言えよう。物語の構図はまったく異なるが、写真の隠喩はゾラと共通している。女の身体がひとつの再現装置として機能し、自分が過去に犯した悪を暴いたことにジェルビヨンは慄然としたのである。

『残酷なゆりかご』や『ある歯医者の恐るべき罰』では、『マドレーヌ・フェラ』のように明瞭に医学的な知識に依拠した感応遺伝の物語化は見られない。また男の苦悩や絶望は描かれるが、女の反応は分からない。マンデスの作品においては、フェルナンとフォヴェルの類似を感じるのはシメオンだけで、シメオンを愛する妻のクレマンスは子供をもつ幸福に酔うだけである。おそらく脆弱なシメオンの神経症的な妄想にすぎないのだろう。現代ならば、単なるノイローゼあるいはうつ病と扱われるところだろう。クレマンスはマドレーヌと違って、フォヴェルとの生活を身体的に刻印されていないし、想起することさえない。感応遺伝は、マンデスにあっては男の妄想であり、ブロワにあっては男の罪にたいする罰である。ミシュレと異なり、そこに女の神秘性を見たり、夫の責任を主張したりする姿勢は微塵も見られない。そしてシメオンもジェルビヨンも、最終的にみずからの父性を受容できない。

感応遺伝を主題にした物語はけっして幸福な結末を迎えることがないし、心理的な妥協や男女の融和によって終わることもない。男を待つのは狂気、死あるいは犯罪という不吉な運命である。女の身体の宿命とされた感応遺伝は、男たちの運命の歯車を狂わせることにつながる。今日的な観点からすれば臆断にすぎない俗説が、この時代の文学においては破滅を引き起こす誘因として作用したのだった。

感応遺伝 imprégnation の概念が退潮して、より科学的とされるテレゴニー télégonie が提出された世紀末から二十世紀初頭にかけてが、この理論が最後の輝きを放った時期である。胎生学にもとづく新たな発見によって、感応遺伝が旧弊な臆説として完全に払拭されてしまったわけではなかった。女の想像力が妊娠に影響を及ぼす、交接行為や懐胎期間中に目にした光景が子供に波及するというのは、リュカも報告していた古くからの考え方である。テレゴニーはこうして、女が初めての性体験の際に強烈な印象を植え付けられ、それが終生消えない刻印として身体化されるというかたちで説明された。一九〇五年、レナルはパリ大学に提出した医学博士論文のなかで次のように主張している。

女性の場合、最初の交接の感覚があまりに激しいので、想像力が男性の姿によって強烈に刺激される。その後に行なわれる交接においては、この同じ感覚が再生されるため、女性の注意力は彼女が初めてその感覚を感じた相手の男性の姿に向けられる。その結果、交接が続くあいだ中、その姿が女性の想像力に現前し、そのため胎児に、最初の男性のいくつかの性質が出現することになる。(22)

テレゴニー理論は女の処女性を価値づけ、一九一〇年代の日本でもそうだったように、血統や血の純潔を推奨することにつながる。それが拡大解釈されれば、家庭道徳の枠を超えて、民族における血の純潔の問題にまで波及する。そしてそこから優生学的な思考までの径庭《けいてい》は大きくない。事実、当時の人類学はその点に拘泥してフランス人と他民族の混血問題を論じ、フランスの植民地政策にまで介入したのだった。しかし、それはまた別の主題として論じられるべきだろう。

第三章　逸脱した女たち

近代フランスの女性たちはさまざまな束縛のもとで生きていた。庶民階級に生まれれば、早くから仕事に就かざるをえなかったし、貴族やブルジョワジーの一員であれば、両親の厳しい監視下に置かれ、娘時代の数年間を修道院で過ごして宗教教育を施された。そして自宅に戻り、数年後には親が決めた相手と結婚し、やがて母になるのがお定まりの人生だった。

結婚前の短い娘時代、現代ならば思春期と呼ばれる時期にしても、一八八〇年代に女子中等教育が制度化されるまでは、家庭で過ごす時間や社交にあてられていたのである。エドモン・ド・ゴンクールの小説『シェリ』は、おそらく当時の男たちが若い娘というカテゴリーについて抱いていたイメージと幻想を凝縮している作品だが、ヒロインが神経症的な症状を呈した末に若くして死ぬのは、当時の社会における若い娘の生きづらさを示唆している。女性が恋をして結婚し、子供にも恵まれれば幸せな人生のはずが、たとえばゾラの『マドレーヌ・フェラ』で語られているように、感応遺伝という身体的な宿命に支配されて悲劇に突き進んでいったりもする。社会的、家庭的な規範であれ、科学的、医学的な法則

（あるいは臆断）であれ、女はさまざまな束縛を甘受しなければならなかった。しかし、規範があればそこから逸脱しようとする者がいるし、束縛があればそれを打ち破ろうとする者がでてくる。十九世紀から二十世紀初頭はまだフェミニズム運動が明確な輪郭をまとっていた時代ではないが、それを先取りするかのように、自由な生き方を追求する女性たちが文学の世界に登場するようになる。作者はかならずしも文学史に特筆される者ではなく、作品がとりわけ有名で現在でも広く読まれているわけではないが、後世の目から見れば文化史的、心性史的にはひとつの時代を画する作品が存在するものだ。

逸脱という観点から、そうした知られざる作品のいくつかを繙《ひもと》いてみよう。

『ヴィーナス氏』あるいはセクシュアリティーの転倒

ヴィーナス氏、という表記を見て奇異な印象を抱くひとは少なくないだろう。ヴィーナスは美の女神、氏 Monsieur は男性に付される語だから、これは一種の形容矛盾である。もちろん作者が意図的につけた表題であり、この形容矛盾のなかにこそ作品が提起する主題系が凝縮されている。作者はラシルド（一八六〇―一九五三）という女性作家で、『ヴィーナス氏』（一八八四）は彼女が二十四歳のときに発表した三作目である。

本名はマルグリット・エムリー、故郷であるフランス中部の田舎町から二十歳でパリに出ると、レオン・ブロワやヴェルレーヌなど文学者の知遇を得て、作家活動に入る。一八八九年に結婚した相手アルフレッド・ヴァレットは翌年、文芸誌『メルキュール・ド・フランス』を創刊し、ラシルドはその批評欄を担当した。二十世紀に入ってからも文学サロンを催し、さまざまな潮流の作家たちが交流する場を提供し続ける。『ヴィーナス氏』の後も『愛の塔』（一八九九）、『自然を逸する者たち』（一八九七）など、逸脱した性風俗の事例を物語る過激な作品を数多く発表するが、今日彼女の名が文学史に刻まれているのは『ヴィーナス氏』の著者としてである(1)。この小説はブリュッセルの出版社から刊行されたもので、スキャンダラスな内容ゆえに「公序良俗と宗教に反する」として当局から起訴され、有罪判決を受けた。

何がそれほどスキャンダラスだったのか。

ヒロインのラウールは由緒ある貴族の家系に連なる娘で、両親を早くに亡くした後は、謹厳な叔母エルマンガルドに養育され、世間との交流を絶たれた状態で成長する。十五歳のとき家の屋根裏部屋で怪しげな挿絵本に読み耽《ふけ》り、その後ヒステリックな症状を呈するようになる。叔母に頼まれて診察にあたった医師はラウールに淫欲への志向を感じとり、次のような不吉な予言を下す。

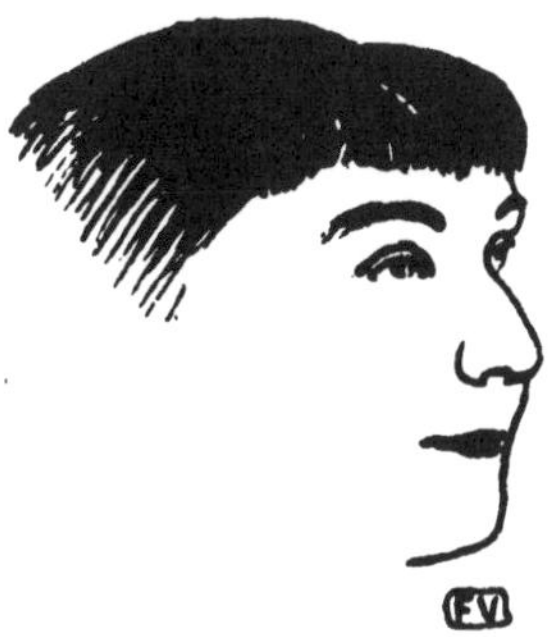

フェリックス・ヴァロットンが描いたラシルドの肖像。グールモンの『仮面の書』（1898）に載った。

> あの娘は修道女になるか、怪物になるかどちらかです！神の懐に抱かれるか、快楽に耽るか。たぶん修道院に入れたほうがいいでしょう。ヒステリー女はサルペトリエール病院に閉じこめるのですから！あの娘は悪徳を知らないのですが、自分で作りだすのです(2)！

サルペトリエール病院はパリにあった精神病院で、ラシルドの小説が出版された当時は、全ヨーロッパ的な名声を誇っていた医師シャルコーが君臨し、ヒステリー研究の中心地だった。医師の予言に違わず、ラウールはその十年後、奔放で常軌を逸した女として姿を現わす。ある日、舞踏会用ドレスの花飾りを注文するため、ラウールは貧しい部屋に住むマリーとジャックのシルヴェール姉弟に会う。ギリシア彫刻の青年のようなジャックの美しさに魅了されたラウールは彼にたいして欲望を覚える。「自分の内部でうごめいていた女は、シルヴェールのなかに自分が渇望する快楽の美しい道具しか見ていなかった。そして潜在的にはすでに空想によって青年を抱いていた(3)」。

　ラウールは、当時の上流階級の女に期待されていたような役割を拒絶し、みずから欲望と快楽への権利を主張し、叔母エルマンガルドの顰蹙《ひんしゅく》を買うが、意に介さない。ジャックを囲い者にすることを決断した彼女は、姉弟をモンパルナスに住まわせ、望むときに青年と会って快楽を味わうのである。女であるラウールは男としてジャックを愛し、彼を「愛人」にする。そしてジャックのほうは女としてラウールに服従し、進んで快楽の道具になる。二人の会話ではラウールはみずからを男性形で、ジャックはみずからを女性形で語ることがある。そこには性役割と快楽の分配をめぐる性の転倒が生じ、倒錯した契約関係が成立するのだ。「ジャック、あなたは私の奴隷になるのよ(4)」。こうしてジャックは人間性や主体を喪失し、物化していく。

　ジャックはラウールの物になった。彼自身が無力に愛するがゆえに、彼女に愛されるがままになる一種の生気のない人間になった。というのもジャックは真の女の心情をもってラウールを愛していたのだから。感謝の念や、服従や、未知の悦楽へのひそかな欲求によって彼女を愛していた(5)。

ラウールはジャックを女として調教し、ときには麻薬を吸引させて幻覚症状に陥らせて、彼の美しい身体を心ゆくまで愛し、悦楽を感じる。他方でジャックは受け身であること、従属状態にあることに快楽を見出す。ここには見る女と見られる男、欲望する女と欲望される男の二項性が成立するのだが、それは当時のブルジョワ社会の規範からすれば途方もない逸脱だった。小説の第二版以降では削除されたが、初版の第七章では二人の関係をめぐって、快楽、倒錯そして汚辱に関するサドも顔色を失うほどの矯激な主張が展開されている。

ここではさらに、階級的な権力関係の構図が重ねあわされる。ラウールは旧い貴族の家系に属し、パリに広大な館を構えている。他方ジャックとマリーは地方出身で、飲んだくれの労働者と娼婦のあいだに生まれた姉弟で、貧しい屋根裏部屋に暮らす。本来ならば遭遇するはずもないラウールとジャックは、倒錯的なセクシュアリティーを媒介にして結びつく。というよりむしろ、異なる階級間の、性役割を転倒させた男女関係は倒錯と逸脱のなかでしか成立しえないのである。

由緒ある貴族の娘が貧しい労働者の男と性交渉を結ぶということは、娘の側からすれば由々しき社会的失墜なのだが、その失墜の意識を償ってくれるのが倒錯の実践ということになる。「わたしたちの愛は、お前がこうむる恥ずべき拷問なのよ。わたしはお前を金で買うのだから[6]」とラウールがジャックに臆面もなく言い放てるのは、そのためだ。性の倒錯と階級的侵犯は並行する。叔母エルマンガルドがラウールの行動を知って修道院に隠棲してしまうのは、彼女の性的逸脱を嘆いたばかりでなく、あるべき階級的差異を守らないことに深く絶望したからにほかならない。

ここで想起されるのが、石田衣良の『娼年』（二〇〇一）という小説である。リョウという虚無的な二十歳の大学生が、事の成りゆきで会員制ボーイズクラブに雇われ、娼婦ならぬ「娼夫」の仕事を始める。写真を見て指名してきた女性の相手をするという仕事で、クラブのオーナーから一定の報酬を受け取る。もちろん法に触れる売買春のひとつの様式である。ひと夏の「娼夫」として、リョウはさまざまな年齢、境遇、性的嗜好の女性たちと遭遇し、過去を語られ、肌を合わせる。その体験をとおして、読者には女たちの多様な欲望のかたちと、口にしがたい性の妄想が知らされる。共通しているのは女たちがリョウを金銭で買うことであり、リョウは原則として女たちのあらゆる希望に応じるということだ。ラシルドの小説と同じく、そこでは女がときに荒々しい欲望の主体となり、男はそれに従属するしかない[7]。

実際『ヴィーナス氏』において、女と男のあいだに平等性は成立しない。ラウールとジャックの関係は従来の男女の性役割を逆転させたばかりでなく、主人と奴隷という隷属関係を基礎にしている。これはサドの文学世界における男女の関係を逆転させた構図であり、ラシルドが十五歳頃にサドを読んで衝撃を受けたという伝記的事実を想起させる。ラシルドは女が欲望を公言し、悦楽への権利を主張することを認めたが、それは欲望や悦楽の享受において女が男と平等になるということではなく、女が男を従属させることを含意していたのだ。支配か服従かであって、対等な繋がりではない。権力的な主従関係であって、男女の相互的な関係ではないということだ。後年ラシルドは、男女平等を求めるフェミニズム運動に冷ややかな視線を向けたというが、『ヴィーナス氏』の作家としては首尾一貫した態度と言えるだろう。

サディズムから両性具有へ

ラシルドの小説が同時代の倫理規範から逸脱していたのは、この点だけではない。第三の人物レトルブ男爵が登場し、ラウールに恋して求婚までするのだが、他方でベッドに横たわるジャックの妖しくも蠱惑《こわく》的な肢体を見つめるうちに同性愛の欲望を覚える。バイセクシャルの衝動はやがてジャックにたいする嗜虐的な欲望を生じさせ、レトルブはジャックの白い肌を鞭打つ。後述するように、十九世紀末の西洋文化圏において、性愛の対象を相手に鞭で打つ、鞭で打たれるのは典型的なサディズム、マゾヒズムの行為にほかならない。鞭で傷ついたジャックの身体を見たラウールは、恋人を哀れむどころか、ジャックが感じたであろう快楽に嫉妬して彼をさらに苛むのである。

いったん疑惑の念が彼女の想像力のなかに入りこむと、ラウールはもはや自分を抑えられなかった。男のまだら状になった肉に嚙みつき、両手でしっかり摑み、鋭い爪で引っ搔いた。それは驚嘆すべき美しさを完全に破壊すること、処女喪失だった。ジャックは身を捩り、傷口から血を流していた。ラウールは嗜虐的な洗練された快楽を覚えつつ、その傷口をいっそう押し開いた。ラウールは自分が変貌するなかで、人間性にそなわるあらゆる怒りの感情を無化しようとしたこともあったのだが、それが一度に甦った。そして捩《ねじ》れた手足の上を流れる血への渇きがいまや、彼女の残酷な愛のあらゆる快楽にとって代わった。(8)

まるで吸血鬼が犠牲者の血を吸うような場面である。ラウールは何かに復讐するかのように（「怒りの感情」）、欲望の対象であるジャックを責め苛み、最後はレトルブと決闘させて愛人を死に至らしめる。サド＝マゾヒズム的な愛は、愛の対象を犠牲にすることで完結する。欲望と快楽の追求にもとづく支配―被支配関係は、一方の専制と他方の消滅によって終わるしかない。

暴力と倒錯のなかで繰りひろげられる二人の愛欲は、最終的には男女の性差をほとんど無化してしまう。ジャックはみずからの男らしさを放棄し、ときには女装してレトルブの同性愛的な欲望に身をまかせる。ラウールにたいしてもレトルブにたいしても、男性性を否定されることでジャックは存在理由を主張するしかない。生理学的、解剖学的には紛れもなく男である彼は、こうして両性具有的な存在になっていく。後年フロイトが『性理論三篇』（一九〇五）において、人間の心に宿るバイセクシャル的な潜在欲望を指摘することになるが、『ヴィーナス氏』はその鮮やかな文学表現と言えるだろう。

同じことはラウールについても当てはまる。ジャックと結婚し、その「妻」を失ったラウールは世間との交流をすべて断ち切って、館のなかの鎧戸を閉めきった青い部屋に閉じこもる生活を送る。そこには死んだジャックをかたどった蠟人形が置かれ、大理石のエロス像が見守っている。

夜になると、喪服姿の女が、ときには黒い服を身につけた青年が部屋の扉をあける。そしてベッドの近くにやって来て跪く。蠟人形のすばらしい姿を長いあいだ見つめてから、抱きしめ、唇に接吻する。人形の腹の内部に備えつけられたばねが口につながっていて、口を動かすのだ。(9)

これが『ヴィーナス氏』の最終場面である。「喪服姿の女」も「黒い服を身につけた青年」も、もちろんラウールである。あるときは女として、またあるときは男として、死んだ愛人の蠟人形を抱きしめる。バロック的、幻想的で、外部世界から隔絶された室内空間で露呈するラウールの両性具有性、あるいは性的同一性の分裂は、彼女の神経症的な狂気、あるいは作中で何度か使われている言葉を借用するならば「ヒステリー」的な錯乱を暗示するかのようである。

サディズム、暴力性、両性具有性、異性装、神経症……。ここではいかにも世紀末デカダン趣味を特徴づける病理現象が、さまざまなかたちと状況で変奏されている。これが文学経歴の浅い二十四歳の若い女性によって書かれたことには、いささかの驚きを禁じえない。デカダン文学の聖典とされるユイスマンスの『さかしま』と同じ一八八四年に刊行されたのは、偶然とはいえ象徴的であろう。しかしながら誤解のないように言い添えておけば、作品刊行当時のラシルド自身は品行方正な女性だったようで、ラウールは彼女の自画像からはほど遠い。また『ヴィーナス氏』はごく少数の人物から構成される物語で、場面のほとんどすべては閉ざされた密室空間で展開する。主人公の行動が世間の顰蹙《ひんしゅく》を買うことはあっても、社会全体との接触はない。ラウールは当時の上流階級の女性たちに課されていた規範を、セクシュアリティーの面で徹底的に破るが、それは他者の視線から隠蔽された孤独な営みに終わる。過激な細部は司法当局を警戒させたが、その過激さゆえに限定された文学場の話題にとどまった。

フラートする女たち

『ヴィーナス氏』で語られた倒錯的な世界は、当時の精神医学者たちからすれば明らかな病理現象であ

戯れの恋フラートは、男女両方に一定の規範と繊細さを要求した。

り、「変質 dégénérescence」の徴候だった。第七章であらためて論じるが、変質とは、人々のあいだで精神的、身体的、社会的にさまざまな病理が広がり、民族や国家にとって重大な脅威になっているという思想である。アルコール依存症や性病の蔓延、性的倒錯や神経症の顕在化、犯罪率の増加などがその兆候とされた。十九世紀後半、西洋諸国全体に瀰漫《びまん》して、人々を不安におとしいれた。ダーウィンの進化論、それを歴史の流れに適用した社会的ダーウィニズムが変質論を支えた。そしてそれが、優生思想へとつながっていったのである。変質論の支持者の目には、ラウールの逸脱はまさに危険なしるしと映ったことだろう(10)。

そこまで過激ではないが、この時代に女性の性愛行動のもうひとつのかたちが、世間を賑わせた。フラート flirt と呼ばれる現象である。

これは上流社会に流布した男女の軽い、戯れに近い、性関係を伴わない恋愛行動を指し示す。戯れに近いといっても、それなりに洗練され教養もある男女のあいだで繰りひろげられる、一定の規則に準じて営まれる恋愛である。思わせぶりな会話、意味ありげなほほえみ、あいまいな接触、かすかな愛撫、ひそかな接吻、慎ましい快楽などがフラートを構成する要素だが、性的関係は周到に回避される。良家の娘は処女性を守らなければならない。逆にそれを守るかぎりにおいて、あらゆる身ぶりが許容されたとも言える。サロンや舞踏会や劇場やオペラ座などの都市空間、温泉町、海水浴場、カジノといった享楽の空間が、フラートをうながす典型的な場だった。十九世後半以降に西洋で発展した余暇生活、ヴァカンスの習慣、そして大衆的な消費社会がその流れを推し進めた。[11]

フランスの権威ある『ロベール仏語大辞典』によれば、フラートという語の初出は一八七九年、現象として顕著になるのは一八八〇年代以降である。とくに若い女性の恋愛行動について言われることが多いのは、恋愛結婚がブルジョワジーの習俗の一部となり、中等教育制度の普及につれて彼女たちが積極的に社会のなかに参入したからである。もはや第一章で論じたゴンクールの小説『シェリ』の主人公のように、若い娘がひたすら家庭に閉じこもり、付き添いのメイドや従僕に監視されながら、女だけの付き合いに終始するような時代ではなかった。恋愛結婚の普及は、それに至るための恋愛行動の実践的な学習と、ある程度の性知識を要請するようになった。その意味で、この時代に女性の恋愛行動とセクシュアリティーは根本から変わったのである。

作家ポール・ブールジェは、一八九〇年に刊行したエッセイ『現代恋愛の生理学』の第八章を「フラートとコケットな女」の主題に当てている。文学者がフラートという語にはっきり言及し、風俗現象として論じた最初の例のひとつである。ブールジェ自身は明言していないが、この著作はバルザックの『結婚の生理学』(一八二九)の形式に倣いつつ、愛の問題を十九世紀末という時代状況にそくして論じたものだ。ロマン主義とともに衰退した「生理学」ジャンルを戦略的に活用しながら、ブールジェは同時代の恋愛風俗を浮き彫りにしようとした。

既婚であれ未婚であれ、フラートは上流階級の女性たちにとりわけ見られる行動である。では女性たちは何を目的にそうした行動をとったのだろうか。

貞淑な女であれ、そうでない女であれ、彼女たちはフラートのなかに同じ感覚を探し求める。男性に欲望されている、という感覚である。その欲望はうやうやしく、告白されず、敬意のしるしのように詩的な様相を呈することもあれば、挑発され、荒々しく、突然押しとどめられることもあるが、とにかく欲望であることに変わりはない。そうなのだ、女性は男性から欲望されていることに無垢な、あるいは頽廃した喜びを感じる。そしてその女性を愛するすべての男性は、その喜びのせいで苦しむことになる。(12)

ブールジェが定義したフラートの主体は女であり、男はその哀れな犠牲者という位置づけになっている。実際『現代恋愛の生理学』は全体として、女性の行動と心理を擁護するという視点に貫かれており、その点もバルザックの『結婚の生理学』と共通している。フラートにはさまざまな段階を識別できる。まず出会った男女のあいだに何げない会話が始まり、軽い冗談やエスプリが交じって親しいつながりが生まれる。次に、お互いの存在を意識するようになって、かすかな嫉妬や、疑いや、苛立ちが生じて「雲行きが怪しくなる」。そして女は男の気持ちや覚悟を推し量るために、いくつかの拘束や義務を課す。

その試練を切り抜ければ、フラートは情熱的な愛という次の段階へと移っていく……。ベル・エポック時代に繊細な恋愛小説の作家として一世を風靡した作家だけに、巧妙な心理分析である。

ブールジェはコケットな女との対比で、フラートする女の特徴を指摘する。フラートする女は、男の心を動揺させ、自分の魅力によって男から欲望のまなざしを向けられることを望み、進んでその欲望と戯れるが、それで終わりであり、それ以上はない。他方コケットな女のほうは男に愛されたいが、男を愛したりせず、男の側に激しい情熱を掻き立てるが、その情熱を共有することはない[13]。

換言すれば、フラートする女は男とのあいだに一定の相互的関係を取り結ぶが、コケットな女は一方的に男の心情を翻弄するだけにとどまる。フラートする女は薄情に見えて、じつは誠実で真心をもっているということはありえるが、コケットな女はつねに戦略的で、ときに偽善的で残酷である……。要するに、フラートする女はけっして警戒すべき女ではない。フラートは女性のひとつの性愛行動にすぎず、危険な逸脱として捉えられてはいない。

時代は二十世紀に移って、同じようにフラートを現代の性愛形態のひとつと認識し、性欲を表現する身ぶりと言語の繊細な体系だと規定したのは精神医学者、性科学者のオーギュスト・フォレル（一八四八―一九三一）である。彼が『教養ある大人に解説する性の問題』（一九〇六）という明白に教育的な意図のもとに書かれた著作でこの問題に触れたのは、若い男女がフラートを適度に経験することによって、みずからのセクシュアリティーを制御する術を習得するよう期待したからである。抑圧だけでは伝統的な性道徳を維持できないから、セクシュアリティーを方向づけることが肝要だと考えたのである。作家ブールジェが軽快なエッセイのかたちでフラートを叙述したとすれば、学者フォレルは方法的、分類的にフラートを論じてみせる。

フラートにおいては、遵守すべき愛のコードがあり、辿るべき誘惑の段階が存在する。そこでは視覚と触覚が大きな役割を果たす。まず重要なのはまなざしの交錯で、それが会話や出会いの準備を整える。まなざしによるやさしい愛撫は、やがて身体や肌のかすかな接触へと男女を導いていく。手や指に何げなく触れること、偶然に見せかけた動き、衣服のかすかな接触はフラートの常套手段である。食事のテーブルの下、馬車、列車のコンパートメントで向き合った相手、あるいは隣のひとと脚や膝を意図的に触れることは、フラートの進行を早め、やがてキス、抱擁、愛撫へと至る。

フラートには階級性が刻印されている。フォレルは、民衆によく見られるような居酒屋で酩酊したうえでの慎みのない行為を「アルコールによるフラート」と呼んで軽蔑し、しかるべき教育を受けた、知的、芸術的洗練をそなえた男女同士の微妙な駆け引きをともなうフラートを評価する。またフラートにはジェンダー的な差異化がともなう。「女性にとって、性感情を表現するために認められた唯一のかたちがフラートである。しかもそこでは、最大限の慎みが要求される。大胆な挑発行為は、若い娘の評判を台無しにする」[14]。他方、男性の場合は大胆さも、多少の挑発も、激しい情熱の表現も問題はない。

とはいえ、フラートは放縦や堕落と区別がつかなくなることがある、とそこは性科学者だけに慎重に警告を発する。上流階級の自由なサロン、温泉町、サナトリウム、カジノがある町などではフラートが男女間の一般的な娯楽になりうる。病気治療の施設が性愛の展開にとって好都合でもあることは、フランス中部の温泉地帯を舞台にしたモーパッサンの『モン＝トリオル』（一八八七）や、アルプス山中ダボス近くのサナトリウムを舞台にしたトーマス・マンの代表作『魔の山』（一九二四）を想起すれば、納得がいくだろう。フォレルが危惧するのは、そうした場所では、フラートが自己目的化し、愛や性行為そのものの代理をするということで、彼からすればそれは変質であり、堕落にほかならなかった。

その場合フラートはもはや、変質 dégénérescence の兆候でしかない。つまり、無為な人間、常軌を逸した人間、あらゆる種類の悪徳に染まった人間からなる社会における、性生活の頽廃の兆候でしかない。(15)

変質という言葉がこの時代にはらむ社会的な含意については、すでに指摘した。しかるべき境界線の内側にとどまる限りは性愛習得のプロセスとして位置づけられるものの、その境界線を越えてしまえば、つまり規範を逸脱してしまえば、フラートは変質、悪徳、頽廃を露呈するしるしとなる。とりわけブルジョワの女性にとって、フラートはみずからの地位を危うくしかねない両義的な行動だった。フラートに関するフォレルの診断は、規範と逸脱、寛容とタブーの微妙な均衡のうえに成り立っている。

マルセル・プレヴォーの『半処女』

以上のようなフラートの両義性を物語の中心に据えて、スキャンダラスな成功を収めた最初の小説が、マルセル・プレヴォー(一八六二―一九四一)の『半処女』(一八九四)である。『ヴィーナス氏』に較べて性風俗の面ではより穏健だし、『現代恋愛の生理学』ほど分析的ではないが、ヒロインの人物像と作家の知名度が相乗的に作用して、社会に及ぼした衝撃ははるかに強烈だった。プレヴォーは主に一八九〇年代から一九二〇年代にかけて活躍した小説家、劇作家で、同時代の女性たちの心理や風俗を繊細な筆致で描写したことで知られ、ベル・エポック期に絶大な人気を誇っていた。数多い作品のなかでも『半処女』はその代表作である。

一八九三年のパリ上流社会を舞台とするこの小説の概要は次のとおりである。

二十歳の娘モード・ド・ルーヴルは貴族の家柄で、凱旋門近くの大通りに面した邸宅で母と妹ジャクリーヌとともに暮らす。美しく聡明で、男性の目を引かずにいないモードは結婚の時期を迎えており、上流社会の男たちの話題に上る。ルーヴル家の邸宅で催される夕食会や夜会には多くのひとが詰めかけ、欲望と打算と皮肉に満ちた視線と言葉が交錯し、まさしくフラートが展開する。死んだ父親が賭博と愛人に金を浪費したせいで、ルーヴル家の財産はかなり傾いており、モードにとっては有利な結婚相手を見つけることが人生の重大事である。

『半処女』の挿絵。物語の雰囲気をよく伝えてくれる。

それだけなら彼女は受け身で、素敵な王子さまを待つだけの娘ということになるのだが、モードはそうではなく、さまざまな手練手管を用いて自分が目をつけた男たちを魅了する。すでに二年前から、モードはジュリアンという国会議員の秘書を務める青年と恋仲にあり、濃密な愛撫を交わしているのだが、財産も、地位も、野心も欠いているジュリアンと結婚することなど論外だ。モードが結婚相手として照準を定めたのは、地方の旧家の貴族出身で、善良な青年マクシム・ド・シャンテルである。マクシムはパリのオペラ座で艶やかなモードの姿態を目にして以来、彼女に恋焦がれていた。それを知る女は、ある日二人で湖上に小舟で漕ぎだし、ロマンチックな情景のなかでマクシムの熱烈な告白を引き出す。

いまやすっかり恋の虜になったマクシムは、モードに向かって言う。「僕はあなたのものです。無条件に、あなたの望みどおりにします。僕はあなたの奴隷、あなたの物です[16]」。これで二人が結婚すれば円満な結末になるのだが、問題はジュリアンの存在である。大胆なモードは、たとえマクシムと結婚してもジュリアンに愛人でいてほしいという契約を持ちかける。モードを熱愛するジュリアンは、それは不可能だと主張する。「モード、僕には君しかいないんだ。君も僕を愛している。僕は君の物で、君にすべてを捧げる[17]」。

男であるマクシムとジュリアンは一時的にせよ、愛の主導権を女のモードに譲り渡す。ラシルドの『ヴィーナス氏』がそうだったように、そこに成立するのは平等な男女関係ではなく、主人と奴隷の隷属関係にほかならない。二人の恋人に同じような愛の告白をさせるモードは、女としての虚栄心を満たすことはできるが、緊張をはらんだ状況は長く続かない。真相を悟ったマクシムはモードの元を去り、ジュリアンは自殺し、モードは富裕な銀行家アーロンの情婦になる決心をする……。モードの「不幸」

（しかし本当に不幸だろうか？）は、妹ジャクリーヌや友人エチエネットが穏当で幸福な結婚をすることによって、対照的に際立つ。不幸な女のそばに幸福な女を配するのは、イギリスのジェイン・オースティン、フランスのバルザックやジョルジュ・サンド、そしてロシアのトルストイ（『アンナ・カレーニナ』）など、近代文学にしばしば見られる物語の構図である。

モードはしかるべき教育を受けた良家の娘でありながら挑発的であり、知性と洗練を身につけながら、他方で退嬰的な不道徳に耽っている。マクシムにたいしては純潔で貞淑な女として振る舞い、額への軽いキスしか許さない一方で、ジュリアンには一線を越えない範囲であらゆる情熱的な愛撫を許容する。純潔と官能性を偽装するその二重性、矛盾した態度、男の目から見ての神秘性が、なおさら青年たちを魅惑するかのようである。未来の夫にたいしてはあくまで貞潔な表情を示し、快楽の相手には誘惑の戦略を惜しげもなく披露するという次第だ。

モードの二重性あるいは欺瞞性にうすうす感づいている周囲の男たちは、彼女の頽廃性に眉を顰《ひそ》めるものの、モード自身はそれに怯む気配を見せない。だらしなかった亡父に幻滅し、それが男性一般にたいする不信感を募らせたかのように、彼女は根本的に男の愛も誠実さも信じようとしない。男たちに許される自由とある種の放縦を、彼女はみずからの権利として行使する。モードは身体的、官能的には女としての魅力を存分に発揮しながら、心理的には男性的な価値観と原理を内面化する。それは十九世紀末パリの上流社会で、かなりの程度見られた現象だったのだろう。生活スタイルの贅沢化、享楽的な文化、宗教心の衰退が羞恥心を破壊しつつあるのではないか、とひとりの作中人物は危惧の念を表明する。

恋愛という観点からすれば、現代はローマの頽廃期やルネサンス時代に似ている。〔中略〕若い娘たちは愛の最初のレッスンを、はじめての舞踏会の夜に受け、その年中ずっと授業は続く。やがて夏が来ると、温泉町や海辺でいろいろな人が交じりあい、女たらしたちが若い娘を相手に最後の仕上げをするというわけだ。[18]

作者プレヴォーは、当時の社会の繁栄と享楽的な雰囲気が必然的に、若い娘たちの恋愛行動と、性に関する認識を変革させつつあるのだと示唆している。モードは突出しているかもしれないが、けっして稀な例外ではない。しかし上流社会は、突出した女にとって生きやすい場ではない。

モードの選択の両義性

ここで再び、謎めいた若い娘というテーマが浮上してくる。作品の第一部第三章で、オペラ座に向かう道すがら現代の女性たちの風俗と精神について議論しながら、マクシムの友人エクトールは語る。これからオペラ座の桟敷席に姿を現わす、華やかに着飾った若い娘たちの外見に騙されてはならない。「あの処女たちのなかに、どれほど多くの半処女がいることか!」。「半処女 demi-vierge」、この耳慣れない語が意味するのは、生理学的には紛れもなく純潔な処女だが、道徳的、感情的にはあらゆる逸脱、欺瞞、倒錯をためらわない女性たちのことである。この言葉は現代フランスでは死語だが、辞典には載っている言葉で、まさしくプレヴォーの小説に由来し、それによって人口に膾炙《かいしゃ》するようになった。文学作品がひとつの言葉や表現を社会空間に流通させ、さらには流行させるという一例がここにある。[19]

現代のパリでは、若い娘が純潔かどうか知ることはほとんど不可能だし、その娘が重大な過ちを犯したかどうか知ることも、それに劣らず不可能だ。若い娘の場合、恋の冒険は誰も見ていないところで起こる。娘は恋の冒険について語ったりしないものさ。そこで暴露するのは相手の男、愛人あるいは半愛人ということになるが、これがまったく信頼できない！　要するに何も分からないのさ。無垢なのか堕落しているのか、慎み深いのか挑発的なのか。愛している男にとって、若い娘は謎めいたスフィンクスのような存在だ。[20]

謎めいた存在としての若い娘、表層が内面を露呈しない存在としての若い娘、要するに解きがたい神秘としての若い娘——それはすでに『シェリ』や、プレヴォーの同時代人であるモーパッサンのいくつかの短編小説に看取される主題である。プレヴォーの革新性は、そうした娘をたんに男たちに見られる対象として提示するのではなく、男たちを値踏みし、欲望のまなざしを向け、男たちに自分の望みを強制する意志的な主体として描いたことである。モードは社会的に要請される規範を内面化するのではなく、自分の運命を変え、新たに開拓しようと行動する。そのあまりに大胆な革新性が、同時代の読者の神経を逆撫ですることになった。

いつの時代にも、習俗や行動様式の斬新性に眉を顰めるひとたちは存在する。『半処女』にたいしては、そこで描かれている習俗がまるでフランス社会に一般的なものであるかのような無益な誤解を与えかねない、という反論が向けられた。プレヴォーは第二版に付した序文において、それに反駁する。彼がこの小説で語ったのは、上流社会一般の習俗ではなく、パリの、享楽的な有閑階級から構成される限られた社会のそれである。そこでは宗教的な観念や倫理意識が強い規範として機能せず、世間体や礼儀作法が重視される。そうした世界では、結婚前の若い娘が男たちと交流するのは広く認められている。しかも「半処女」も「フラート」もフランスでは慎ましい現象であり、他の西洋諸国のほうがはるかに顕著だ、とプレヴォーは自作の意図を擁護した(21)。

しかしそうだとしても、作品の最後で語られるモードの選択をどのように解釈すればいいのだろうか。理想的な結婚相手のマクシムと、献身的な恋人のジュリアンを同時に失った彼女は、以前から彼女に秋《しゅう》波《は》を送っていた銀行家のアーロンの愛人になる取引を平然と持ちかけるのだ。

ロマン主義時代から第三共和政初期まで、さまざまな呼称のもとで高級娼婦はいつでも存在したから、金銭を仲介して男と性愛の契約を結ぶのは目新しいことではない。しかしその場合でも、男が女に契約を提案するのであって、その逆ではない。あるいはまたデュマ・フィス『椿姫』(一八四八)の主人公マルグリットのように、高級娼婦は相手の男の純愛に触れて崇高な聖女へと変貌する。モードはそのいずれでもない。没落しかけているとはいえ由緒ある貴族の系譜に連なり、貧困に直面したわけでもなく、人生に絶望したわけでもないモードが、みずからの意志で高級娼婦に身を落とすとは……。作中で健全な良識と批判精神を代弁する役割を担うエクトールは、モードの変身を究極的な堕落としてきびしく批判し、そこに結婚制度そのものの危機を感じとる。

ひとつの魂そのもの、美しい謎めいたスフィンクスだったあのモードはみずからの神秘性を棄てた。他の女たち同様、彼女を待ち受けているのは売春だ。人生の転機で半処女たちを待ち受けているのは、さまざまな衣裳をまとった売春だ。〔中略〕

緑の樹木や、花や、装飾品に隠れて、エクトールの目にはしだいに、この腐敗した社会がゆっくり、無頓着に落ちていく墓場の碑が見えるようだった。社会は処女の純潔という愛の泉を枯渇させ、若い娘を消滅させて結婚制度を損なったゆえに、いまや死を宣告されているのだった。[22]

いかにも矯激な断罪であるこのエクトールの解釈は、一見筋が通っているように感じられる。不道徳で頽廃した半処女が正当性を欠いた、隠匿された性愛の深淵に沈んでいくのは、当然受けるべき処罰でしかないだろう。モードの態度に擁護する余地は残されていない。

だがよく考えてみれば、それは彼女の人生方針としては一貫性のある選択なのかもしれない。上流社会の倫理規範に背き、処女性を賭金にして男たちを翻弄した彼女が、妥協して通常の婚姻制度に組みこまれるのは、みずからの行動原理に背くことだから。最後の決断は、安易さへの妥協ではなく、みずからの人生哲学に忠実な判断の結果と解釈することもできるだろう。みずからを貫徹しようとした逸脱や倒錯のひとつの姿がそこにある。

フラートとブルジョワ娘の反応

モードの生き方にたいするエクトールの批判は、あくまで小説の登場人物の言説だが、『半処女』はベストセラーとなり版を重ねた小説なので、読者の反応は多様だった。そうした読者のひとりがカトリーヌ・ポッジ（一八八二―一九三四）である。有能で高名な外科医を父に、富裕なブルジョワ一家の跡取り娘を母にパリで生まれたカトリーヌは、経済的、文化的、知的にきわめて恵まれた環境に育った。母がパリの邸宅で催していたサロンにはデュマ・フィスのような文壇の重鎮のほか、医学界や芸術界の有名人が常連客として名を連ねていたという。当時のブルジョワ階層では、とりわけ女子教育の一環として日記が奨励されていたという事情もあり[23]、聡明で早熟な娘だったカトリーヌは十歳の頃から日記をつけ、自分の感情や思考を分析するだけでなく、周囲の大人の世界や男女の社交の機微についても冷静で炯眼な指摘をしている。文学的な感性が豊かだった彼女は、十六歳で『半処女』を読み、次のような感想を書き記している。

『半処女』を読み終えたが、あまり元気がでる作品ではない。とてもいらついたので、書棚の上のほうに放りこんだ。もう二度と手に取りたくない。私はアニェスではないが――まったくそんなことはない――それにしても、あのプレヴォーが描いたような非現実的な社会など、いったいどこにあるのだろう？　私はこの社会の一員で、かなり進んだ若い娘だが、あのモードやアントワネット〔アンリエットの間違い〕のような女性は理解できない。あの女たちは抵抗せずに乱暴に扱われるし、一切れのパンや一箱のマッチをあげるように、好きな美男子たちに自分のからだを与えるのだから。半処女がフランスにいるとしても、それは高級娼婦たちの裏社交界だけの話だ[24]。

文中に出てくるアニェスとは、モリエールの戯曲『女房学校』（一六六二）のヒロインで、無知で無邪気な娘の代名詞である。十六歳のカトリーヌは、自分がアニェスのように無知ではないと自覚したうえで、モードの性風俗を高級娼婦のそれと同一視している。モードはマクシムやジュリアンにたいして処女性を保つのだから、カトリーヌは誤読しているのだが、当時の彼女から見ればモードは、パリのブルジョワ社会で許容される恋の戯れの範囲を越えて、不道徳なタブーの領域に踏みこんでしまった女にほかならない。モードが上流社会の規範から完全に逸脱した女、高級娼婦と同列に位置づけられる女として映ったということである。

他方、同じく富裕なブルジョワ一家に生まれ育った、カトリーヌと同世代の娘ミレイユ・ド・ボンデリの反応は異なる。それを伝えてくれるのが、やはりミレイユが長いあいだ律儀につけた日記である。カトリーヌの日記と異なり、彼女の日記は公刊されていないが、その子孫から日記を個人的に託された歴史家ドニ・ベルトレが『ブルジョワ、そのあらゆる状態——ベル・エポック期の家族小説』（一九八七）のなかに、長い引用文を載せている。一九〇七年、十八歳のときに書き始められた日記である。ミレイユは大銀行を父にもち、財産にも教養にも美貌にも恵まれていた。フランスでは少数派のプロテスタントの一族に生まれ、厳格な教育を施されたが、長じては舞踏会、夜会、海辺での別荘生活と、ゴンクール作『シェリ』のヒロインのような社交生活を楽しんだ。

自分が美しく、魅力的であることを自覚していたミレイユは、男たちの称賛の的になることを好んだし、フラートにも積極的だったらしい。そのため伯父からたしなめられたりもしたが、本人は個人の権利だと主張して大胆に振る舞うことをやめなかった。

そうよ！　私はフラートが好き。そしてこれは伯父さんには関係ないことよ。ええ、申し訳ないけれど、何度でも繰りかえします。できるものならシモーヌ〔友人〕のようになりたいけれど、できない。シモーヌはフラートが何かなんてまったく知らないし、まなざしを交わしたり、手に触れたりする喜びをほとんど経験したことがない。(25)

初心《うぶ》な女友だちと違って、自分はフラートの機微を知っているし、男たちの言葉と視線の背後にある思惑を読み取ることができると自負する。ここで素描されているのは、聡明で早熟で、かつ想像力に富んだブルジョワ娘の自画像にほかならない。とはいえミレイユは、実際に『半処女』のモードのような行動に出たわけではない。思いがけない感動にとらわれたり、期待が裏切られたりすると言葉を失い、自分の情動を抑制することや、表現することが困難になってしまう。そして結婚相手になりそうな青年との真摯な愛と、性的遊戯としての官能性を明瞭に区別していた。一九〇七年の暮れ、母親が結婚の可能性をほのめかすようになると、ミレイユのフラートの時期は終わりを告げる。その一年後には、ビエヴィルという青年と幸福な結婚をすることになるのである。

「ギャルソンヌ」の時代

十九世紀末の逸脱した女を代表するのがフラートする女なら、第一次世界大戦後の一九二〇年代の性愛規範を変革して、新しい女のイメージを大胆に提示したのが「ギャルソンヌ garçonne」ということになるだろう。

ギャルソンヌとは「少年 garçon」の女性形で、既存の社会規範や倫理観に囚われずに、男のように自由奔放な生き方をする若い女性を指す。言葉としては一八八〇年代から存在したが、ひとつの行動様式と人生観を際立たせる語として人口に膾炙するようになったのは、一九二〇年代である。そこには、ある文学作品の出版とそれが引き起こしたスキャンダルが大きく関与した。ヴィクトル・マルグリット（一八六六―一九四二）の『ギャルソンヌ』（一九二二）である。生前はそれなりの評価を獲得し、文壇でしかるべき地位を得ていたマルグリットだが、今日では文学史に名前が出てくる作家ではない。数多い作品中で、『ギャルソンヌ』はその大胆な風俗描写と商業的成功により、彼の名を後世に残すことに貢献しているほとんど唯一の作品である。[26]

まず、刊行当時の時代状況を簡単に振り返っておこう。

プレヴォー作『半処女』のモードが生きた一八九〇年代から二十世紀初頭は、ベル・エポック（美しい時代）と呼ばれ、フランスのみならず西洋諸国が豊かさと繁栄を享受した時代として知られる。民主主義の浸透、産業革命の成果、教育の普及、植民地支配がもたらす富がフランス人に生きる歓びを実感させた。それを象徴する出来事が一九〇〇年にパリで開催された万国博覧会で、フランスの総人口を上回る五千万人以上のひとが訪れるという空前の成功を収めた。万博の歴史上もっとも成功したもののひとつ、と言われるのも故なしとしない。一九〇〇年のパリの絢爛ぶりを証言してくれるひとりが、あの夏目漱石である。留学のためロンドンに向かう途中にパリを見物した彼は、妻に宛てた手紙に次のように書き記していた。文中の「電気鉄道」とは路面電車を指す。

1900年のパリ万博は、歴史上もっとも成功した万博のひとつと言われる。コンコルド広場に設けられたメインゲート（上）。アレクサンドル3世橋の群衆（下）。

「パリス」に来て見ればその繁華なること、これまた到底筆紙の及ぶ所にこれなく、なかんずく道路、家屋等の宏大なること、馬車、電気鉄道、地下鉄道等の網の如くなる有様まことに世界の大都に御座候(27)。

第一次世界大戦の勃発が、このベル・エポックを終焉させる。全ヨーロッパ諸国を巻き込んで四年間続いたこの戦争にフランスは勝利したものの、人的、物的な被害はあまりに大きかった。戦場で二百万人近い兵士が命を落とし、それ以上の兵士たちが傷痍軍人となって帰還した。戦争は社会のあり方を根底から変える。青年や壮年期の男たちが前線に駆り出されると、経済活動や社会活動を停滞させないために女性たちが働くようになる。そしてまた戦争は、それまで支配的だった倫理意識や家族観を、つまり人々の世界観を大きく変えることになる。一九二〇年代のフランスで起こったのが、まさにそれだった。政治、芸術、文学、道徳、モード、生活様式などあらゆる面で新たな潮流が噴き出す。「狂乱の歳月」と呼ばれるこの一九二〇年代を象徴する女性像が、ギャルソンヌにほかならない。

マルグリットの小説の梗概を振り返っておこう。

戦後まもないパリ、実業家の一人娘モニック・レルビエは自由な雰囲気のなかで育つ。友人の娘たちはフラートを適当に楽しんでいるが、彼女は関心がない。開明的で、旧い道徳に縛られていないが、戯れの性愛には軽蔑を隠さないのだ。友人たちを批判し、大胆な言動をためらわないモニックを母親がたしなめると、彼女は言い放つ。「お母さん、この点は認めなければいけません。戦後、私たちは皆多かれ少なかれギャルソンヌになったのですから(28)」。モニックにはリュシアンという婚約者がいたが、結婚直前になって彼に愛人がいることを知って婚約を破棄する。忍耐と妥協を説く両親の態度に幻滅した彼女は、自立した人生を生きるため家を出る。

それから二年後、二十三歳になったモニックは美術品や装飾品を売買する店を経営して、経済的な自立をかちえた。やがて舞台装飾家としての才能も認められるようになる。自分の人生の主人となった彼女はショートカットで優雅に車を運転し、毎晩のようにダンスホールに出かける。美しいダンサーの男と官能的な性愛を味わい、その後も数人の男と付き合うがどこか満たされない。女性との同性愛や麻薬の快楽にも溺れるが、心にはつねに孤独感がただよう。そうしたなかで出会った作家のレジスが、モニックを頽廃的な生活から救いだし、二人は愛の生活を始める。しかし蜜月は長く続かなかった。レジスはきわめて守旧的な女性観の持ち主で、それが女を苛立たせるのだ。モニックの過去の男たちに嫉妬して彼女の奔放な行動を激しく難詰したせいで、破局が訪れる。

傷心の彼女は、パリ郊外に住む哲学者のジョルジュ・ブランシェに再会する。ジョルジュはモニックの人生の紆余曲折をすべて知っていた。会話に興じるうちに、ジョルジュが男女関係、結婚、家庭をめぐってリベラルで平等主義的な思想を抱いており、モニックは深く共鳴する。小説は二人の同棲を示唆するところで終わる。

モニックの生き方

『ギャルソンヌ』は発売と同時にベストセラーになり、数年後には百万部を超えることになるのだが、これは当時としては文字どおり驚異的な部数である。その成功をもたらした主因がヒロインの奔放な性

『ギャルソンヌ』大衆版２巻の表紙。ヒロインの外見の変化が女性解放を示す。

愛行動であることは、疑問の余地がない。

モニックは、はじめから奔放な女だったわけではない。当初は結婚を男女の絶対的な結合と見なし、恋愛結婚の信望者である。「私にとって、愛のない結婚は売春のようなものです[29]」と宣言する彼女は、だからこそ、リュシアンの不実に気づいたときに婚約を断固として破棄する。娘を諫め、忍従を説く両親の態度を見て、モニックは彼らにとって娘の結婚は二つの家族の財産の結合、いわば投資のようなものであると認識するのであり、それは彼女にとって絶対に許容できない。その純粋性、愛への絶対的な信頼ゆえにモニックは家族から離れる。すなわち豊かな良家のブルジョワ娘という特権的な立場をきっぱりと棄てて、みずからの新しいアイデンティティーを模索することになるのだ。その模索は、一九二〇年代の新しい女たちが求めた女性解放や女性の自立と軌を一にするものである。

まず経済的な独立である。親の家を飛び出した二十一歳のモニックは、美術品や装飾品を扱う小さな店を開くが、もちろん最初は苦労する。しかし努力と、友人たちの協力もあってやがて店の経営が軌道に乗り、他方で舞台装飾家としての才能も認知されるようになる。こうして彼女は仕事の規模を拡大し、数人の店員を雇うまでになる。その間、事業家の父親はいっさい姿を見せず、モニックはみずからの出自を否定することで、新たな自分を創りあげたといってよい。

経済的に自立した女性を主人公に据えた文学は、『ギャルソンヌ』が最初ではない。女性作家コレット（一八七三―一九五四）は、『さすらいの女』（一九一〇）において、離婚したダンサーの女が男に頼らずたくましく生きるさまを描き、『シェリ』（一九二〇）では、元高級娼婦で恋多きレアの颯爽と自立した人生を語ってみせた。[30] どちらもマルグリットの作品より早く出版されている。そして興味深いのは、シモーヌ・ド・ボーヴォワール（一九〇八―八六）がフェミニズムの理論書『第二の性』（一九四九）の第十四章を「自立した女」と題し、そのなかでときにコレットを引き合いに出しながら、女性性の表出を妨げられることなく、社会的自立を保持できる女性の数少ない職業として、女優、踊り子、歌手、作家、つまり芸術の領域に属する職業をあげていることだ。ボーヴォワールは女優を一種の高級娼婦と見なしていた。[31]

そうした状況のなかで『ギャルソンヌ』の独自性は、由緒正しいブルジョワ家庭に育ったモニックが、その階級を否定することでみずからを自立した職業女性に創りあげたことにある。ブルジョワ娘から、男たちに伍して仕事の世界に生きる女へ、親にあらゆる面で庇護されていた娘から、みずからの意志と欲望で大胆に行動する女へ――その劇的な変貌がこの小説の魅力であり、斬新さだった。

第二に、身体感覚の刷新を指摘できる。彼女は仕事の合間にスポーツを実践し、みずからの身体を鍛える。狂乱の歳月一九二〇年代は、女性たちがスポーツの領域に進出した時代でもあった[32]。経済的な独立は、身体的な解放感を促進する。そのことは、ある晩、彼女が自宅の浴室の鏡に映った自分の裸身に見とれる場面によく示されている。

意識するともなく、モニックはしっかり張った胸と乳首を撫でた。乳首のピンク色は、静脈が浮き出た白くまるい乳房に広がって深紅色に変わっていた。それから筋肉質の上体とへこんだお腹にそって、腰の美しい輪郭線まで手を下ろした。その腰からは長い脚がすっと伸びて曲線を描く。モニックは自分で描いているように、両股の輪郭をなぞった。裸のダンサーのあのきれいなからだの線を思いおこして、自分と比較してはほくそ笑んだ。

あのダンサーのように、自分には、自然のリズムで美が生まれてくる体操選手のような身体がそなわっているではないか。ダンサー同様、モニックも羞恥心がもたらす無益な煩わしさとは無縁だった。そんなものは醜さや偽善を覆い隠す仮面にすぎない……。しかも彼女はあのダンサーよりは上等で、自分の美しい動物のような肉体のなかに、ダンサーにはない魂さえはらんでいたのだ……[33]。

女が鏡に映る自分の姿に見入るナルシスティックな場面は、西洋の文学や絵画や写真では馴染み深い。それはみずからの美しさを愛で、女らしさを再確認し、ときには男のまなざしのもとで自分の身体をさらす瞬間である。ゾラの『ナナ』（一八八〇）で、ヒロインが愛人ミュファの傍らで大きな鏡に自分の

19世紀末に描かれた２枚の絵はどちらも、若い女性が鏡にキスする場面を描く。女性のナルシシズムと鏡は密接に結びつく。

裸身を映し出して見とれる場面や、それに着想したマネの絵『ナナ』を想起すれば、その点はよく納得できるだろう。

しかし同じく鏡を見つめるシーンとはいえ、モニックの場合は事情が異なる。確かに引用文は彼女の自己陶酔的な身ぶりを読者に伝えているのだが、それはみずからの女性性への陶酔ではなく、自分の身体が体操選手やダンサーのような、贅肉を削ぎ落した身体であることにたいする陶酔である。モニックはスポーツを実践する女でもあり、それによってほっそりした身体、つまりベル・エポック期まで女の身体の理想とされていた丸みのある豊満な身体とは異なる身体を手に入れたのである。それによって彼女は、精神的にも身体的にも男と同等になったという意識をもつことができる。

第三に、モニックは性愛体験において旧来のタブーをことごとく破っていく。自分の身体に見とれる彼女は、みずからの欲望を隠蔽することなく、性の快楽にたいして臆するところがない。官能性に恵まれた彼女にとって、男はときに「快楽をあたえてくれる美しい装置[34]」である。イタリア人ダンサーの恋人ピエトロによってモニックは快楽を啓示され、それによって「初めて自分の人格を完全に開花させた」という印象に浸る[35]。南仏の自然と光のなかで感覚と官能が解放されて、やがて彼女はかつてないほど深い悦楽を味わうことになる。

モニックは、愛撫への飽くなき渇望を知った。ピエトロの接吻が完全な快楽を彼女に教え、少しずつ行なわれてきた性の手ほどきを完成させたのだった。陽をあびて陶酔するバラのように無邪気に、彼女はみずからのからだを開いた。突然、激しい勢いに駆られて筋肉質の男の腕に抱かれた。

大海原を進む二人だけが乗った船、岩に囲まれた入り江の熱い砂、山肌をたどるかぐわしく香る小道が、二人の欲望の気紛れを満たすかりそめのベッドになってくれた。[36]

あるとき母になりたいという欲求を覚えたモニックは、ピエトロと別れた後、政治家や技師を恋人にもつが、誰も彼女の欲望を満たしてくれない。子供時代からの女友だちや、ヴァイオリン奏者アニカとは同性愛の悦びに耽り、モンマルトルの怪しげな界隈に足を運んでは阿片やコカインを吸う。戦時中から麻薬は禁止されていたから、もちろん違法行為である。奔放な男性遍歴、同性愛、麻薬の巣窟――それはパリ上流社会の影の部分を映しだすエピソードになっている。

一時期モニックの恋人になる作家のレジスは、彼女の過去の男たちに嫉妬して、結婚前の女の純潔性を説く。女が最初の男との性交によって刻印されるという、すでに前章で論じた感応遺伝の理論を信じているからである。[37]当時はすでに時代遅れの偏見として扱われていたのだが、開明的なはずのレジスはいまだにそれに固執していた。解放された女とタブーの侵犯を描くこの小説で感応遺伝の残響を耳にすることに、読者は小さからぬ驚きを感じることになる。モニックはその時代錯誤ぶりに耐えられずに、男をあざ笑う。

社会現象としてのギャルソンヌ

モニックはこうして自分の欲望に忠実に振る舞い、ためらうことなく男性遍歴を重ね、同性愛の誘惑に身をゆだね、煙草を吸い、スポーツを実践し、髪を短く切り、仲間といっしょに胡乱《うろん》な酒場に足を運

1920年代のギャルソンヌ・スタイル

び、颯爽とした風情で仕事をこなす。黒人を含めて外国人とも付き合い、アメリカ的な文化に親近感を覚えるのも、狂乱の時代にふさわしい。一九二〇年代のパリはさまざまな国に出自をもつ人間たちが集って、文化的な坩堝を形成した特権的な空間だった。偶像破壊的なダダやシュルレアリスムが注目を浴び、フィッツジェラルドなど「失われた世代」と呼ばれるアメリカの作家たちがパリで放浪生活を送り、日本の藤田嗣治を含む絵画の流派「エコール・ド・パリ」がモンパルナス地区に花開いた時代でもあった。『ギャルソンヌ』はそうした時代のアナーキーで、享楽的な風潮をじつによく伝えてくれる。

モニックは精神的、身体的にそれまで女性的とされていた記号を棄て、男性的と見なされていた行動を採用した。それは戦後社会で進行した女性の解放とフェミニズム運動がもたらした成果だった。マルグリットと同時代人で、『性の心理』（全六巻、一八九七―一九二八）を著わしたイギリスの性科学者ハヴロック・エリス（一八五九―一九三九）は、女性の経済的自立が女性の道徳的責任感を強め、それが性愛行動における女性の積極さを高めると主張しているが、モニックはまさにそのケースにあたる。[38] ギャルソンヌに見られるような同性愛や、喫煙や、スポーツの実践もまた、女性の解放と独立性を示す要素と捉えられている。とはいえ、伝統的な規範意識からすれば、モニックの行動と心理は挑発ないし倒錯にほかならず、同時代の多くの読者層の顰蹙を買うことになった。

ヴィクトル・マルグリットは、スキャンダラスな成功を求めてモニックという女性を創造したわけではない。彼は女性解放論者で、フェミニストで、社会主義者でもあった。一九一七年のロシア革命の余波を受け（もちろんその負の側面はまだ知られていなかったが）、新たな社会の到来を待望し、その社会では男女の平等が実現されることを期待していた。『ギャルソンヌ』は一九二〇年代のパリ社会を描いた風俗小説であると同時に、女性の解放と男女平等をめぐる思想小説でもあるということを忘れてはならない。


そのことは、たとえば第四章でモニックを含めて主な作中人物たちが愛、結婚、男女関係の風俗をめぐって議論を繰り広げる長い場面によく表われている。

歴史学者ヴィニャボス、哲学者ジョルジュ・ブランシェ、そして作家レジス・ボワスロがトゥルーズ医師の『性の問題と女性』（一九一八）、エレン・ケイの『恋愛と結婚』（一九〇三）、さらには当時フランスで話題になり始めていたフロイトの『精神分析入門』（一九一七）に言及しながら、同時代のセクシュアリティーを語っているところに、モニックが居合わせるのだが、『結婚と一夫多妻制』という著作を準備しているというジョルジュは、法的婚姻ではなく同棲（事実婚）こそ、来るべき社会の理想的な男女の繋がりの形式だと主張する。そして結婚前の女性の処女性を重視するのは、女性の自己決定権を抑圧する時代遅れの因習にすぎず、男と同じく女にも結婚前の自由な性愛行動を認めるべきだと主張するのである。

これは作中で明示されていないが、作家・政治家で、一九三〇年代に人民戦線内閣の首班を務めるこ

寝室のギャルソンヌたち。露出度の高さが身体の解放を示唆する。

とになるレオン・ブルム（一八七二―一九五〇）が、『結婚について』（一九〇七）と題される著作で披瀝した見解である。この時点でまだリュシアンとの婚約を破棄していなかったモニックは激しく反発するが、後にはまさにジョルジュの主張をみずから実践することになる。具体的な著作に言及しながら、マルグリットの小説は一九二〇年代の世論を賑わせていた問題に立ち向かい、作家の思想を取りこんだテーマ小説だった。

『ギャルソンヌ』の社会的反響は大きく、激しい論争を巻き起こした。モニックの生き方やジョルジュの思想が、保守的な読者層の神経を逆撫でしたというだけではない。モニックの周囲に形成されるパリの上流階級の頽廃ぶりも問題視されたのである。作者マルグリットは、社会的な制裁を課されることになった。かつてもらったレジオン・ドヌール勲章の受勲リストから名前を抹消され、文芸家協会の副会長の職を辞した。アナトール・フランスのような稀な例外を除いて、文学者仲間はほとんど彼を擁護しなかったのである。鉄道駅の売店を管理していたアシェット社は、市民からの抗議を恐れて『ギャルソンヌ』を売場からすべて取り除いた。

十九世紀末から子供の出生率が低下し、国力の衰退が危惧されていたフランスで、結婚、出産、母性、家庭は政治的な課題であり、当局側やカトリック教会からすれば守るべき価値体系にほかならなかった。とりわけ第一次世界大戦で多くの壮健な若者を失い、結婚や出産適齢期の男女の人口比がきわめてアンバランスな状態にあった一九二〇年代、若い女性の多くが独身を強いられ、子供を産むことができなかったなかで、みずからの意志で結婚も母性も拒絶するモニックのような女性はエゴイストと断罪されたのである。当時も、そして現在でも、男以上に女にとってみずからの性の自己決定権を貫徹することは難しいのだ。

反論は思いがけない陣営からも向けられた。女性解放と女性の独立を唱えた作品なのに、フェミニズム運動の担い手たちは『ギャルソンヌ』の思想に賛同しなかった。モニックに体現されるギャルソンヌは堕落した女と区別がつかない、女の性的解放が悪徳や淫乱と同列に扱われているではないか、というわけである。フェミニストたちに言わせれば、性的解放と社会における権利の平等を安易に混同してはならず、彼女たち自身はあくまで伝統的な倫理体系を尊重したうえで、男女の平等を実現しようと考えていたのである。(39)

しかし、文学的な成功としては未曾有の規模だった。小説の成功により、『ギャルソンヌ』は戯曲化され、さらには映画にもなった。フランスで刊行されるのとほぼ同時に英語への翻訳がなされ、ロンドンで飛ぶように売れたという。その後ドイツ語やイタリア語など、ヨーロッパ十三か国語に翻訳された。一九五〇年には日本語訳も出ている。(40)売れた作品はしばしば、その成功に追随する模倣やパロディを生みだすものだが、マルグリットの作品も例外ではない。そのなかには、『ギャルソンヌ』の構図を逆転させ、仕事をもち、自由で独立した女性がその仕事と自由を放棄し、結婚と母性に回帰するという物語もあった。社会的な批判とともに、文学的な反動も現れたのだった。

現代のフェミニズム運動家からすれば、『ギャルソンヌ』は不徹底で、当時の男性の幻想の一部を反映しているだけのように見えるかもしれない。しかしモニックの人生が、彼女自身が生まれ育ち、だからこそ熟知していたブルジョワ社会のさまざまな規範にたいする反抗であり、当時の女性たちの解放への訴えを象徴していることは否定できない。逸脱にはもちろん限界がある。しかし、そもそも逸脱を試みなければ革新にいたることはできない。

『ヴィーナス氏』のラウール、『半処女』のモード、『ギャルソンヌ』のモニックはいずれも、刊行当時に物議を醸し、激しい論争を巻き起こした小説の主人公たちである。彼女たちはそれぞれのしかたで同時代の社会規範と性道徳に抗い、みずからの生き方を模索した。ラウールはみずからを幽閉し、モードは高級娼婦への道に踏み出し、モニックは同じ思想を共有する男との同棲を決意する。逸脱の形式は多様であり、同時代の読者はときに倒錯や頽廃と同一視した。三人に共通しているのは、自己の欲望と意志に忠実だったということである。

第Ⅱ部　男たち

第四章　独身者の肖像

独身者は利己的で、放蕩者で、女中と寝る。
彼らを激しく非難すること。課税すべきであろう。
なんと寂しい人生が彼らを待っていることか！

フロベール『紋切型辞典』、「独身者」の項目

歴史的にみれば、恋愛や性や家庭のあり方についての考え方はもっとも速く、そして根本的に変化する社会ファクターのひとつである。現代日本でしばしば問題になる晩婚化、少子化、性的多様性とそれがもたらす影響は、そうした変化を示している。この状況に直面して政治家たちがときに時代錯誤的で、偏見にみちた発言を繰りかえすのは、変化をもたらす心性史的な状況、文化的な要素、そして制度的な不備などに無知だからにすぎない。

フランスもかつて一九七〇―八〇年代に少子化に悩んだ国だが、そのことの重大性に危機感をもって対応し、働く女性の地位や、子育ての制度的環境を整備することで子供の出生率を回復させた。現在、先進国のなかでは出生率がもっとも高い国のひとつだし、北欧諸国と並んで結婚、出産後も大多数の女性が働き続ける、むしろ働き続けられる国になっている。そのフランスで十九世紀末から二十世紀初頭にかけて、結婚や出生率が社会の大きな課題となり、その余波で独身や独身者に批判の矛先が向けられ

たことがあった。現代ならば結婚する、しないは個人の選択の問題と見なされるが、当時のフランスではけっしてそうではなかったのである。社会のあり方と国家の存続にかかわる喫緊の課題になっていた。

人口減少の脅威

実証主義と臨床医学の時代だった十九世紀には、科学の言説が社会のさまざまな分野に浸透し、結婚や夫婦の性も例外ではなかった。医学や生理学をつうじて、夫婦の寝室までが論議の対象になったということである。ミシェル・フーコーが『性の歴史』第一巻『知への意志』（一九七六）で、「生殖行為の社会的管理化」と命名した現象で、行政当局が性現象の統制と規範化に乗り出したのである。他方で、十九世紀後半に生じた変化のひとつは、それ以前に較べて恋愛結婚が価値づけられるようになったことで、これが結婚制度の恩恵を強調し、夫婦の性的営みを単なる生殖行為ではなく、エロス的な行動として位置づける傾向を強めた。現代人からみれば当然のことだろうが、これは感性の歴史の観点からみれば決定的な変革だった。

こうして性科学 sexologie が確立する。そのなかには、いかにすれば結婚がつつがなく機能し、夫婦生活の幸福が保たれるかという、きわめて実践的なアドヴァイスを提供するような著作も含まれている。ただし誤解してはならないが、それらの書物の著者たちが意図していたのは、現代日本のように自由な恋愛市場で出会う未婚の男女のために、性の技法を手ほどきすることではなく、夫婦生活の絆を確かなものにするための行動指針を説くことにあった。結婚と夫婦を称賛するために書かれたということである。

しかもそこには、当時不安を引き起こすほど出生率が目にみえて低下し（その傾向は一八八〇年代に顕著になる）、このままではフランスの人口がいずれ減少に転じるという暗鬱な近未来が予感されていた、という事情が絡まっていた。フランス、とりわけ都市部の中産階級では産児制限がひそかに進行していたのである。その点に警鐘が鳴らされた事態をふまえ、作家ゾラは一八九六年五月『フィガロ』紙に発表した「人口の減少」という長い論説記事のなかで、その原因を考察する。

「フランスの人口増加のための国民連合」という団体が設立された。苦笑するひとがいるかもしれないが、意図は素晴らしい。国民連合の最初の会合にわざわざ出席した百人ほどのひとたちは熱意のあるところを示したわけで、それは大いに考慮すべきである。この会合で彼らが有効な対策を打ち出したということではない。人口減少の原因については、周知のことが繰り返されただけなのだから。つまりアルコール中毒、田舎の過疎化、高すぎる生活費、そしてとりわけ自分には当然その権利があると思っている安楽な生活を保証するために、子供の数を制限する家族の利己的な打算である。しかし、そこから何らかの動きが生まれるかもしれない。これは何よりもまず習俗の問題なのだから、言論や新聞や書物によって新たな状況と、子供の多い家族の繁栄を助長するような新たな習俗の理想をもたらさないかぎり、嘆かわしい現状を変えることはできないと私は考える。(1)

生活費の高騰や、人々の生活が豊かになることが出生率を下げることにつながったのは、それまで未知の現象だった。それに警鐘が鳴らされたのには、たんに習俗の変化といって済まされない、政治的な事情も考慮に入れる必要があるだろう。普仏戦争（一八七〇）で隣国プロシア（ドイツ）に大敗し、領土割譲まで強いられたフランスにとって、プロシアとの敵対関係を考えれば人口減少の危機はなんとしても避けなければならなかった。近い将来においで起こるかもしれないプロシアとの新たな戦争を考えるならば、フランスは兵力になる子供が必要だったのである。夫婦が多くの子供をもうけるかどうかは、国家の未来が賭される重大事にほかならなかった。夫婦のセクシュアリティーは男女の私生活の問題にとどまるどころか、すぐれて国家的な課題だったということである。

若い男女に結婚を勧め、家庭生活の恩恵を説くことは社会の要請になった。そこに、成立したばかりの性科学が寄与したのだった。

性科学が結婚を推奨する

その嚆矢と見なされるのが、ジュール・ギュイヨ（一八〇七―七二）の『実験的恋愛の手引き』という書物である。著者没後の一八八二年に刊行されているが、執筆されたのは第二帝政期というこの著作のなかで、ギュイヨはとりわけ若い男性読者に向けて女性の身体的、生理学的構造がどのようになっているかを解説し、夫婦のベッドで妻をいかに悦ばせるかという方法を具体的に述べていく。妻の快楽が彼女の身体的、精神的健康のために必要であり、家庭の平和に不可欠である、とこの医師はまじめに考えていた。

この変化は大きい。というのもそれ以前の時代であれば、女性の性的快楽が生殖行為に必要だという認識はなかったし、それについて語ること自体がタブー視されていたからである。女性が、たとえ夫婦のベッドのなかであれ性行為の主体になることなど、医師や衛生学者たちは認めなかったし、女性には性的欲望など存在しないと主張する者さえいたのである。そうした考え方が十九世紀後半から末にかけて根底から刷新され、女性の性的快楽がはじめて市民権を認められたと言ってよい。女性の快楽は、医師と生理学者がまじめに論じる主題となった。

とはいえ、これはあくまで夫婦生活の話である。ギュイヨは男女が結婚して家庭を築き、子供をもうけることを前提に議論をすすめていく。結婚生活をつつがなく、幸福に送っていくために不可欠な要素として、性の問題が正面から取り上げられたのだった。したがって、性生活における女性の快楽の重要性を強調するからといって、この時代の性科学者たちが自由恋愛や、快楽の無制限な解放を唱えていたと誤解してはいけない。ギュイヨや、『実験的恋愛、あるいは十九世紀の女性の姦通の諸原因について』(一八七八)の著者ダルティーグや、『若夫婦の小聖書』(一八八五)の著者モンタルバンは異口同音に、妻の快楽は彼女が貞淑でいるための保証、つまり結婚が支障なく機能するための保証だと主張したのである(2)。

結婚の主要な目的は生殖であり、その生殖を円滑に実現させるためには男女のオーガスムが必要である、とギュイヨはためらうことなく言明する。キリスト教道徳が浸透していたこの時代の性科学本では、さすがにオーガスムを示す言葉はかなり婉曲的で、ときには微妙な隠喩に包まれているが、ギュイヨ自身は「性の痙攣 spasme génésique」という表現を使っている。欲望や官能性の欠落した女性はいないが、それを巧みに引き出すのは男性の役割である。こうして著者は、夫婦の結合を音楽の比喩で語ってみせる。

エドゥアール・ジュレ《帰宅》(1906)。性科学者が夫婦の性を論じたように、画家もまた夫婦の愛の快楽をためらわずに表現した。

妻を理解し、妻とともにシンフォニーを奏でるのは夫の務めである。そのシンフォニーによって妻は陶酔し、夫は彼女の信頼と、やさしさと、絶対的な服従を手に入れることになる。〔中略〕蜜月の時期に夫が若い妻をよく理解し、青年期の夢である筆舌に尽くしがたいような幸福感を彼女に味わわせれば、夫は妻から永遠に愛され、妻の支配者、君主になるだろう(3)。

十九世紀の性科学者たちは、結婚を価値づけ、家庭の平和と子孫の維持のためにセクシュアリティーを論じ、快楽を語った。問題になっていたのは、あくまで家庭の秩序に収まるかぎりでのセクシュアリティーであり、快楽である。ブルジョワ階級において恋愛結婚が増えるのにともなって、それを奨励し、正当化し、円滑に機能させるためにこそ、彼らは夫婦のベッドでの営みを規範化しようとしたのである。結婚の推奨は社会の風潮だっただけでなく、国家的な要請であり、医学の一分野である性科学による価値づけの対象にもなっていた。

医師たちは社会衛生学の立場から、結婚が男女の人格的発展にとって不可欠であり、身体的、精神的な健康を守るために必要だと異口同音に説いた。そのため結婚にふさわしい年齢や、夫婦生活の細部にいたるまでさまざまな実践的忠告を惜しまなかった。この時代の性科学書や医学事典には、現代のわれわれから見ればほとんど気恥しいまでに、結婚礼賛の言説が並んでいる。

たとえば、ピエール・ガルニエ博士の『法的、衛生学的、生理学的、そして道徳的観点からみた結婚。その義務、関係、そして夫婦におよぼす影響について』（第十版、一八七九）から引用してみよう。

しかるべき条件のもとで結ばれた婚姻はきわめて自然で、穏やかで、健全である。それが男女の衛生、健康、長命にあたえる利益と恩恵は、今日では統計によって断固として証明されている。そして婚姻は公衆の道徳と繁栄にとってじつに確かな保証ともなる。

それにふさわしい年齢と条件のもとでなされた結婚は、個人にとって幸福の源であり、社会にとって道徳性と秩序を守る確実な保証である。個人のさまざまな力と活動をうながすことで、結婚は良い影響を及ぼし、その影響は健康、風俗の改善、長命となって示される。(4)

既婚者は独身者よりも寿命が長く、病気を患うことが少ない。結婚は自殺や、狂気や、犯罪を未然に防ぐ免疫の作用を果たす。まさに個人の健康にとっても、社会の安寧にとっても好ましい状態なのだ。統計によれば、当時は男が二十代半ばで、女は十七—十八歳で家庭を築いたが、ガルニエによれば結婚に最適の年齢とは、男は二十五—三十三歳、女は二十—二十六歳である。夫婦の交接にふさわしい季節は春や秋で、活気と精力に満ちあふれているからである。一日の時間帯としては夜、夕食がしっかり消化された後が好ましい。交接の体位は正常位が勧められ、それ以外の体位はやむなく許容される程度である。

他方でガルニエは、望ましくない結婚や、避けるべき慣習も列挙している。晩婚は夫婦の生殖能力を枯渇させる危険があり、たとえ子供が生まれても虚弱で、死亡率が高い。とりわけ避けるべきは、老人と若い娘の不均衡な結びつきで、「まさしく生理学的に言語道断なことだ」とガルニエは断罪している。また食事の直後、夜会や舞踏会の後で精神が昂ぶっているとき、さらに女性の月経や妊娠期間には性の交わりを周到に避けるべきだとされる[5]。性科学者たちは個人の健康と、家庭の平和と、社会の秩序の名において結婚を推奨し、それが円滑に営まれるための細かな規範まで定めたのだった。

独身者は社会の脅威である

結婚を勧め、出産を奨励する医師や性科学者からすれば、嘆かわしいのは独身状態である。それは個人の健康にとって有害であり、社会の安寧を損なうものだからだ。実際、ガルニエはすでに引用した著作のなかで、「独身とは死であり、無である。したがってそれは、道徳と衛生学によって断罪されている[6]」とためらくことなく言明した。その批判は十年後に刊行された『独身と独身者』(一八八九)においても変わらず、独身が社会の災厄、一種の病理現象とされ、人口減少の脅威を引き起こす原因のひとつとされている。(7) 性科学者の主張と作家ゾラの危惧はこの点で一致するのである。

これと呼応するかのように、十九世紀末時点における医学の思想と実践の集大成である、百巻からなる『医学百科事典』の第四十一巻（一八七四）には、「結婚」という百ページにわたる項目が収められている。医学事典が結婚を取り上げるということ自体、それが科学的、社会的な関心の対象であったことをよく示している。項目の著者アドルフ・ベルティヨン（人体測定術の創始者アルフォンス・ベルティヨンの兄）によれば、人間は家族のおかげで生を享け、教育を授けられ、成長していくのだから、独身を貫いて家族を形成しないことは、社会と人類にたいして果たすべき義務を怠っている、ということになる。

> 独身者の存在は社会の脅威である。少なくとも風紀警察はそれを指摘して、公衆に不信感を抱かせるべきだし、国家はその脅威を絶えず減少させるよう努めなければならない。(8)

独身主義にたいする、いかにも矯激な断罪の言葉である。独身者は生きていること自体が社会にとっての危険である、とされているのだから。こうした言説は、現代のわれわれの考え方からすればまさに個人の自由を否定するもので、いかにも時代錯誤的に見える。場合によっては、差別的な言辞として物議を醸すところだろう。しかしガルニエもベルティヨンも当時、一般大衆にたいして小さからぬ威信を享受していた医師であり、その二人がこのような発言をしたという事実は無視しえない。

独身者の実態とイメージ

現代日本でもそうだが、独身者といっても選択として独身をつらぬく者や、意に反して独身を受容している者、さまざまな理由で独身を課される者などさまざまなタイプが存在する。性科学者や医学者たちは結婚して家族を築くことを勧め、したがって独身に不信の目を向けたが、彼らの見解がどこまで適切かを見きわめるためには、独身者たちの多様性と実態を確認しておく必要があるだろう。

十九世紀フランスにおいて、本人の意志に関係なく、職業上あるいは立場上結婚を禁じられている人々がいた。男ならカトリックの司祭、兵舎にいる軍人、神学校の生徒など、女なら修道女や、修道院で教育を受けるひとなどであり、病院や救貧院や監獄では男女を問わず配偶者をもつことは認められていなかった。司祭や修道女は宗教的な天職として選択された立場であり、救貧院や監獄に収容されたひとは一般社会から隔離されているわけで、家庭生活とは無縁である。先述した性科学者たちが独身者たちを批判する場合、こうした人々は対象になっていない。彼らにとって問題なのは、職業や状況によって結婚を禁じられているわけでもないのに、独身を選択する者たちである。

その数については、かなり詳しい統計が残されている。フランスで一九八〇年代に刊行された価値ある歴史書シリーズ『私生活の歴史』第四巻によれば、一八六〇年頃、四人は五万人、修道女は十万人、兵士はおよそ五十万人、精神病患者は三十二万人いた。[2]

生涯独身だったひとの割合はそれほど高くないが、夫を早くに失くして若い頃から寡婦の生活を、しかも長い期間にわたって送った女性は少なくない。結婚年齢は低下するが、そこには男女差があって、一八五一年の人口調査によれば、若い頃は男性の五十一パーセント、女性の三十五パーセントが独身だった。女性のほうがより若くして結婚生活に入ったということである。ところが三十五歳の年齢層でみるとその割合が逆転して、未婚率は男性の十八パーセントに対して、女性では二十パーセントを超える。男性の未婚率は年齢の上昇とともに低下し、六十五歳時点で七％しかない。他方女性の場合、未婚率が十パーセント以下になることはけっしてなかった。(10) 男性は女性よりも結婚する割合が高く、妻と死別した夫が再婚に踏みだす頻度も高かったということである。当時もそして現在でも、男にとって結婚しているという事実は、生活の便宜と社会的な信頼をもたらしていたのである。

この時代に女性の未婚率がつねに一定の割合を示したのは、国によって多少事情は異なるが、大きく二つの要因によって説明される。

第一に、フランスではなくイギリスに顕著な現象として指摘されるのは、十九世紀をつうじて数百万人もの男性がアメリカに移住した結果、人口比率のうえで男女比に不均衡が生じたこと、さらには中流以上の階層に属する男性のなかに、結婚制度を経ずに自由な性生活を享受する者が少なからずいたことである。一八五一年の時点で、二十歳から四十歳までのイギリス女性のうち、じつに三十パーセントが未婚だったという。世紀末のジャーナリズムは彼女たちを「余った女」と命名したが、この言葉は彼女たちが規範からはずれた集団と見なされていたことを示している。ヴィクトリア朝時代は構造的に大量の未婚女性を産出してしまったわけで、重大な社会問題になっていた。それを端的に証言するのが、ジョージ・ギッシングの『余計者の女たち』(一八九三)という小説にほかならない。

第二に、フランスでは独身女性たちが労働市場に参入し、経済的な自立を獲得しはじめたという社会

独身男たちの奔放な夜会。独身生活は青年に自由と放浪をもたらした。

の変化があった。それまで家内部の生産単位に組みこまれていた若い娘たちは、産業革命と都市化にともなって家族から離れ、都市に移動して仕事に就くようになった。縫製関係の仕事（お針子《グリゼット》の活動領域）や、商店の売り子や、メイドなどの家内奉公人や、イギリスのブルジョワ女性なら家庭教師（シャーロット・ブロンテ作『ジェイン・エア』の世界）など、職種はかなり限定されていたが、少なくともみずからの財産に責任をもち、自立を手に入れたのである。問題は、それにもかかわらず法的には人妻と、つまり既婚の女性と同じような市民権を認められなかったことだ[11]。

　実際、独身でいることは男と女にとって同じ状況を意味してはいなかった。

　青年にとって独身でいることは自由、放浪、勉学を可能にする。それは陽気な青春の時期であり、旅をし、男同士の友情をはぐくみ、恋愛を経験し、感情的、知的な成長を遂げることを可能にする。大人として成熟するために必要な時間、と位置づけられていた。当時の小説がしばしば青年を主人公として登場させ、彼が上流社会との接触、恋愛、友情、芸術創造、革命などをつうじて成長していく過程が物語の主筋を構成するのは偶然ではない。「教養小説」と呼ばれるジャンルであり、スタンダールの『赤と黒』（一八三〇）、バルザックの『ゴリオ爺さん』（一八三五）、フロベールの『感情教育』、二十世紀の作品ではロマン・ロランの『ジャン・クリストフ』（一九〇四—一二）を想起すればいいだろう。

他方、若い娘の表象を論じた第一章で指摘したように、未婚の若い娘はそのような自由と放浪を享受し、それを成熟の糧にする機会に恵まれない。たとえば十九世紀の末期に至るまで、大学は男にだけ開かれた教育機関であり、女子学生という社会カテゴリーは存在しなかったのである。また社会のイメージとして、現実的な根拠も稀薄なのに、未婚の女には男まさりの女、尻の軽い女、「青鞜派」などの侮蔑的な意味をはらむ表現が押しつけられた。

バルザックに『老嬢』*La Vieille Fille*（一八三六）という小説があり、フランス北西部の都市アランソンを舞台に、なかなか嫁ごうとしない裕福な家の娘コルモン嬢の結婚をめぐる顚末を語る作品だが、彼女はまだ二〇代後半の若さなのだ！　この老嬢（かつて日本でもオールド・ミスという言葉があった）という人物は、まさに十九世紀に固有の文学像として創出され、一種のステレオタイプとして流布していく。(12)同じ独身でも、男女のあいだに表象レベルで大きな違いがあることが分かる。

ブルジョワの青年や都市の民衆階層に属する青年にとって、自由な独身時代は恵まれた猶予期間で、やがて結婚生活が始まる。それならば性科学者や医学者が問題視することはない。ところが、この独身生活を永続化しようとした者たちがいて、彼らが社会の脅威として結婚推奨論者たちから糾弾されることになったのである。

ボヘミアンとダンディー

その代表がボヘミアンである。自由奔放で、世間の規範を無視し、ブルジョワ的な倫理と価値観に抵抗し、安定を嫌い、その日暮らしをした売れない芸術家や、作家や、ジャーナリストたちの集団を指す。とりわけパリの学生街カルチエ・ラタンや、パリ北部モンマルトル地区に好んで居を構えた集団だった。ブルジョワ的な価値観の否定をもっともよく示すのが、結婚や家庭を拒否する態度であり、他方で男同士の友愛意識は強く、金に困ったり、病気を患ったりする仲間を援助するという連帯心で結ばれていた。恋はしても結婚はせず、愛を知っても友情をないがしろにすることはない、というのがボヘミアンの男たちの人生観である。作家のネルヴァル、ボードレール、ランボー、ヴェルレーヌ、画家のクールベやピカソは、こうしたボヘミアン時代を体験した。

十九世紀ボヘミアン群像の生態をよく伝えてくれるのが、アンリ・ミュルジェールの小説『ボヘミアンの生活情景』（一八五一）にほかならない。カルチエ・ラタンに暮らすボヘミアンの相貌をあざやかに描き、その習俗を見事に語り、彼らが住んだ貧しい屋根裏部屋や、彼らが足繁く通ったカフェや大衆的な居酒屋を描いた文学作品であり、要するにボヘミアン文化を表象した代表作である。プッチーニのオペラ『ラ・ボエーム』（一八九六年初演）の原作として有名だが、オペラがロドルフとミミの悲恋物語を軸にしているのに反して、原作のほうはより複雑な世界を提示してくれる。

舞台は一八四〇年代のパリ。詩人ロドルフ、画家マルセル、音楽家ショナール、そして哲学者コリーヌという四人の青年たちが送る無軌道で、不安定な生活が風俗スケッチ風に描かれる。冒頭の章では、彼らがどのようにして出会い、友情の絆で結ばれ、「友愛にみちた集団[13]」を形成するようになったかが語られている。作家、画家、音楽家はパリのボヘミアンを構成する典型的なカテゴリーであり、ミュルジェールはみずからが熟知する集団を登場させたのだった。もちろん売れない芸術家たちであり、したがって金銭的にはいつも窮しているのだが、それにもかかわらずいたって陽気で、もちろん辛い出来事に見舞われることはあるが、総じて楽天的な青年たちだ。ミミとロドルフは一時同棲するが、それも束の間のエピソードに終わる。ボヘミアンの愛は、未来を約束されない愛なのである。

『ボヘミアンの生活情景』の挿絵。カフェ「モミュス」にボヘミアン、学生、グリゼット（お針子）が集う。

ボヘミアン生活は、いくつかの特権的な場所と深く結びついている。まず、彼らが住むのは屋根裏部屋である。最上階の部屋は狭く、窓が小さくて日中でも薄暗く、夏は暑く冬は冷える。この狭くてしばしば不潔な部屋で、青年たちは文学を語り、芸術を論じて倦むことがなかった。

議論は外のカフェでも続く。フランスでは十八世紀の啓蒙時代から、カフェが知的、芸術的な交流にとって不可欠の空間だった。ブルジョワと文学者がテーブルを囲んで接触するカフェでは、同時代の政治、社会、文学をめぐって活発な議論が展開したものだった。ドイツの哲学者ハーバーマスが見事に分析した「公共性の空間」が、そこに成立していたのである。[14] 当時から繁盛し、今も残る「プロコープ」(現在ではかなり高級なレストラン)がその典型である。ミュルジェールの小説ではモミュスという名のカフェに、ボヘミアンと学生が集う。参加する人々の社会的立場は変わったが、カフェが市民にとって重要な社交と知的交流の場であることに変わりはない。ロドルフやショナールは朝からモミュスに陣取り、そこに置かれている新聞を読み耽り、しばしば恋人たち同伴で、大声で喚いては他の客の顰蹙を買う。[15]

ブルジョワ的な凡庸さを拒否する姿勢は、ダンディーたちによっても共有されていた。彼らはボヘミアン以上に徹底した独身主義である。ボヘミアン芸術家は恋に無関心ではないが、ダンディーは結婚や家庭に興味を抱かないばかりではなく、そもそも女性を忌避する。ダンディーと言えば、服装や身だしなみに気を遣う伊達者というイメージが強く、彼らの一面であることは確かだが、それは女性の注目を浴びるためではなく、みずからを洗練させ、他者との差異化を図り、自己意識を高めるためにほかならない。ダンディズムはひとつのライフスタイル、人生哲学を表わしていた。イギリス起源の現象であるダンディズムをフランスで標榜し、新たに定義づけたのはバルベー・ドールヴィイの『ダンディズムとジョージ・ブランメルについて』(一八四四)という著作である。

ダンディズムとはひとつの生き方そのものであり、人間は服装など具体的に目に見える側面だけで存在しているわけではない。それはさまざまな微妙な差異から構成されるひとつの生き方なのだ。

とても古くて文明化された社会、喜劇が稀になり、倦怠が礼儀作法によってほとんど払拭されることのない社会においてこそ、こうした生き方がつくられる[16]。

ダンディズムはつねに思いがけないもの、慣習や規範に従う者たちが予想できないもの、要するに奇抜さを創造しようとする。「それは既成秩序にたいする、ときには自然にたいする個人の革命である[17]」。詩人ボードレールが「ダンディズムは法の外部にあるひとつの制度であり、あらゆる臣民が厳密に守っているきびしい掟がある[18]」と言明したのも、同じ精神にもとづく。既成秩序の典型と見なされたのがブルジョワ的な結婚であり、家庭制度の束縛だった。

民主化の時代にあって平等主義に与しないダンディーたちは精神的な貴族主義を標榜し、富と余暇と自由に執着し、洗練と優雅さを涵養することに配慮する。その彼らからみれば、女性は秩序と自然の側に位置する存在であり、結婚は隷属の一形態にほかならず、どちらも避けるべきである。だからこそダンディーたちは独身を人生の原理に仕立てたのである。他方で、ダンディズムは孤立ではなく友愛を求めるから、社交や知的交流を好み、ダンディーな男たちは一種のホモソーシャルな共同体を築く。ダンディズムと同

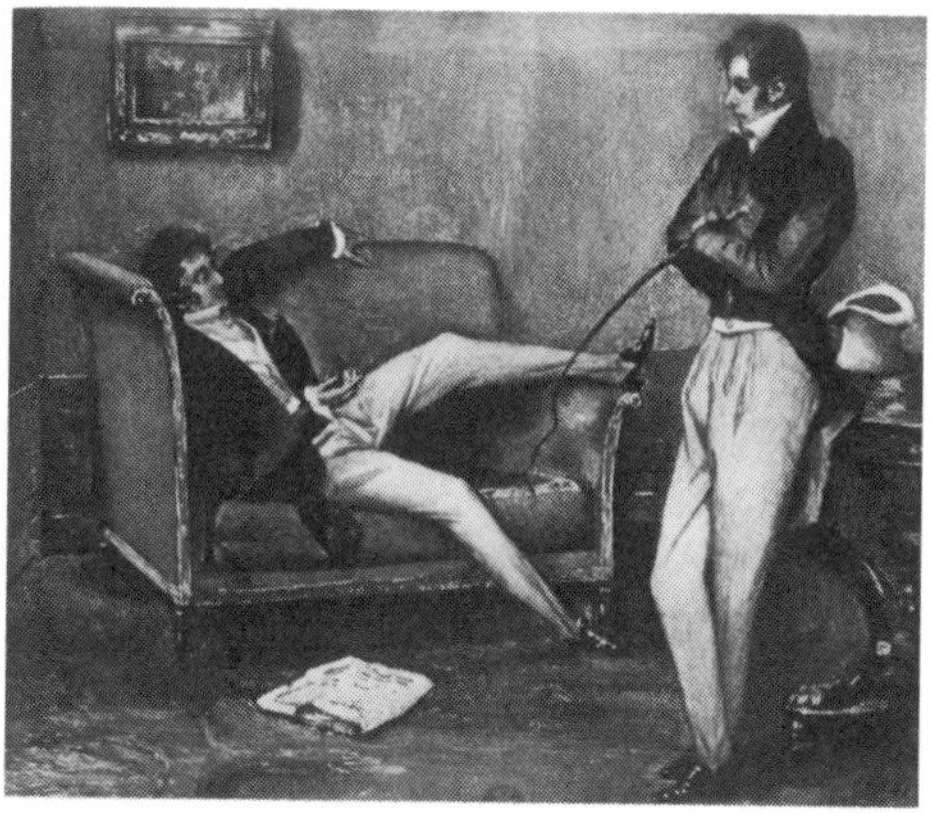

ダンディズムは、精神的な貴族主義と男どうしの友情を重んじた。

性愛が結びつく傾向が強いのはそのためである。[19]

女の独身者たち

ボヘミアンやダンディーは、フランス語ではほとんど男性名詞としてのみ使用される。換言すれば、それは男の独身者に適用される概念であり、女の独身者とは無縁の生活様式だったということである。同じ独身でも、男女の状況がだいぶ異なるのだ。男の独身は自由や放浪の同義語になりえるが、女の独身はしばしば孤独と結びつけられるからである。

歴史的に見れば、独身の男同様、独身の女はつねに一定の割合で存在した。十九世紀半ば、修道女つまり天職として神に仕えることを選び、したがって独身をつらぬくことを選択した女が十万人いたことはすでに述べた。一八五一年時点で、五十歳以上の女にかぎればじつに四十六パーセントが独り身だった。内訳は、それまで一度も結婚していない独身者が十二パーセントと、夫と死別した寡婦が三十四パーセントで、結婚はしたが若くして夫を亡くした女が多数いたということである。当時、女性の再婚は少ない。世紀末の一八九六年になっても、この割合はほとんど変わらない。現代と比較すれば、女は早くに結婚し、子供を産み、病気、けが、戦争などが原因で早くに夫を失ったということだ。そういう女にとっては、寡婦として生きる時間が長かったから、孤独のイメージがつきまとう。[20]

みずから選びとった場合であれ、意に反して課された場合であれ、女の独身状態は周囲の不信感や、非難や、憐憫や、嘲笑を引き起こした。ボヘミアンやダンディーは不信や批判にさらされることはあっても、憐憫や嘲笑の対象になることはない。老いた独身の男にはどこか滑稽で、陽気な雰囲気がただようほどだ。他方、一度も結婚しないまま老いていく女は「老嬢 vieille fille」と呼ばれ、とげとげしく、妬み深く、悪口を言い、他人を貶めるような人間というイメージがつきまとう。

「生理学」シリーズの代表作『フランス人の自画像』(一八四〇―四二)には、もちろん「老嬢」と題された章が設けられている。金銭崇拝の風潮が強い今の時代、たとえ家柄の良い娘でも持参金がなくて結婚できない女は少なくないし、恋人に騙され、棄てられた挙げ句に男への不信感を募らせた娘もいる、と著者マリー・デスピイは冷静な分析から始める。上流階級の娘のなかに、家族や病人の世話をするため、あるいは修道女として信仰の道に生きるため結婚しない者がいるのは称賛に値する。教養と知性に恵まれていれば、教師や良家の家庭教師として生活を立てる選択肢もあった。しかしそれは例外で、五十歳を過ぎた独身女には共通した欠点がある、と著者は同時代の通念を要約してみせる。

ヴァニエ《待つ》(1910)。窓辺に座る孤独な女は誰を待っているのだろうか?

ウィーンでもロンドンでも、パリでも地方でも、同じような滑稽さ、同じような欠点が見られる。五十歳の老嬢の大多数はきわめて醜悪なうぬぼれ、感傷的な媚態、十六歳の娘のような美しさを衒う態度、やぶにらみの才女気取り、不寛容なまでに信心深いようすを示す。ぼうっとした態度や、爪を隠す猫のような態度のかげには、もっとも悪意に満ちた気質と、他人を誹謗して喜ぶ強い情熱と、美食の快楽への強い情熱が秘められている。〔中略〕災厄として受け入れられ、戯画として受容され、悔悛として甘受される老嬢は、恐怖心を生じさせ、笑いを誘い、ひとを困惑させるのだ。(21)

女の独身者は社会的な立場にとどまらず、一定の人格あるいは欠点を内包する集団である。老嬢とは滑稽であると同時に嫌悪感をもよおさせるような人間、社会の「災厄」になりかねない人間類型として規定されている。独身は男以上に女の人間的、社会的な逸脱を露呈する身分ということになる。『フランス人の自画像』の記述に呼応するかのように、その後バルザックの作品『従妹ベット』(一八四七)では、いとこのマルネフ夫人の幸福に嫉妬した老嬢ベットが、腹黒い陰謀をめぐらすさまが語られているし、フロベールの『感情教育』にはヴァトナーズ嬢という素性の怪しい年配の女性が登場して、若い女性たちを搾取する。女性が選択や権利として、誰はばかることなく独身を主張できるようになるには、二十世紀のフェミニズム運動を待たなければならないだろう。

ボヘミアンや学生の束の間の恋の相手になることの多かったお針子や、都市部の工場で働く女工は、給料をもらってある程度の経済的自立を手入れ、自由を享受することもできた。世紀後半から二十世紀になれば、そこに小学校教員、看護師など女性が多数を占める職種を加えられよう。自立と自由への希求が、しばしば女に独身を選択させたのである。また第二帝政期以降には、裕福な貴族やブルジョワをパトロンにもつ高級娼婦や、演劇の世界で名をなして成功する女優(たとえばサラ・ベルナール)などが登場してくるが、その成功にはたいていの場合、独身という代償を支払わねばならなかった。

文学の世界では、彼女たちの自由奔放な振る舞いは哀れな死によって処罰されることがある。デュマ・フィスの『椿姫』の女主人公マルグリットは、恋人アルマンに去られた孤独と悲しみのなか結核に斃《たお》れるし、ゾラ『ナナ』（一八八〇）の主人公、女優で高級娼婦（当時、両者はほとんど区別されない）のナナは、作品の末尾で天然痘に冒されて醜く死んでいく。プルーストの小説で、高級娼婦のオデットがパリ上流社会の男シャルル・スワンと結婚し、やがて社交界に君臨するのはまれな例外と言うべきだろう。

ボヘミアン、ダンディー、老嬢、女優、高級娼婦……。同じ独身者といっても、男女ではその社会的、文化的表象に明確な違いがあった。共通していたのは、どちらもブルジョワ社会の秩序と倫理観からすれば逸脱した存在であり、したがって潜在的な脅威をはらんだカテゴリーだったということである。

ナダールが撮影した女優サラ・ベルナール。19世紀後半に一世を風靡した。

女嫌いの文学

十九世紀の医学者や性科学者は、規範と秩序の名において結婚を勧め、家庭生活がもたらす恩恵を説いた。それは趣味や生活様式として独身を選択する者、とりわけ男たちにたいして非難のまなざしを向けることにつながっていた。

そのとき彼らが念頭に置いていたのは、みずからボヘミアン的な人生を送り、独身主義を標榜し、結婚や家庭が芸術創造に悪影響を及ぼすさまを作品のなかで語った文学者たちである。その傾向は、とりわけ世紀中葉から世紀末の小説に顕著に表われていた。性科学にとって、デカダン文学はさまざまな興味深い事例を提供してくれる宝庫であると同時に、嘆かわしい頽廃の表現にほかならなかった。批評家ジャン・ボリが「独身者の文学[22]」と命名したこの文学は、いったい何を物語っていたのだろうか。

少し歴史を遡ってみよう。十九世紀前半のロマン主義時代であれば、女性は想像力を刺激する詩神ミューズ、霊感の源になりえたし、愛は創造力を活性化してくれる触媒と見なされていた。作家がみな結婚したわけではないし、ジョルジュ・サンドのように不幸な結婚に幻滅し、別居した後に奔放な恋愛に身も心も投じた作家もいた（一八八四年になるまで、フランスでは離婚が許されていない）。独身者が文学作品に登場するとすれば、それば先述したバルザックの『従妹ベット』の同名人物のように、嫌悪感を誘発するような人物か、あるいは不幸な事情ゆえに意に反して独身を強いられる同情すべき人物である。独身に何らかの積極的な価値が付与されているわけではない。

それに反して、世紀後半になると事態は大きく変わる。レアリスム文学や自然主義文学、そして世紀末のデカダン文学では、女性は詩神ミューズの姿をまとうどころか、創作活動を阻害し、芸術家の才能を枯渇させたり、極端な場合には死に至らしめたりする不吉な存在にほかならない。多くの作家は女性への侮蔑を隠さず、結婚生活の束縛は創作行為を委縮させると宣言してはばからなかった。こうして結婚への異議申し立て、独身の礼賛、さらには女嫌い《ミソジニー》の感性が、十九世紀後半の文学に典型的に表われるのだ。その一例として、ゴンクール兄弟（兄エドモン一八二二―九六、弟ジュール一八三〇―七〇）の共作になる小説『マネット・サロモン』（一八六七）を取り上げてみよう。

コリオリスとアナトールという二人の画家を主人公とするこの作品では、一八四〇年代から五〇年代にかけて画塾で学ぶ若い芸術家たちの生態、希望と挫折、理想と幻滅、そして画壇やサロン展のありさまが活写されている。才能ある画家であるコリオリスと、師のアトリエを離れて放浪するアナトールは、遺産を手にしてからパリで共同生活をするようになる。やがてコリオリスはモデルのマネットを愛するようになり、一時期はパリ南郊バルビゾン村に住んで風景画の制作にあたり、一定の成功を収める。しかしそれはかりそめの成功にすぎず、二人が同居し、マネットが子供を産むと、二人の画家のそれまでの友情に亀裂が生じてしまう。コリオリスの作品は評価が下がり、世間体ばかりを気にするマネットとの生活は、しだいに彼の才能を枯渇させていく。最後にコリオリスはマネットと正式に結婚し、アナトールは画業を放棄してパリ植物園の助手となる。

このように要約される『マネット・サロモン』において、マネットに出会う前のコリオリスは独身主義者である。結婚制度そのものに反抗するからではなく、女といっしょに暮らすことが精神の自由や創造の霊感を妨げる、と確信していたからである。


コリオリスは結婚しないと心に決めていた。結婚が嫌だったからではなく、それが芸術家に許されない幸福だと思われたからである。芸術の仕事、創作の探究、作品の静かな懐胎、努力の集中は、やさしくて気の紛れる若い女と共にする結婚生活とは両立しえないと考えていた。〔中略〕

彼によれば、独身こそ芸術家に自由と、力と、知性と、良心を保証してくれる唯一の状態なのだった。[23]

その決意にもかかわらず、画家はモデルを務めるマネットに魅かれ、いっしょに暮らし、最後には妻とする。コリオリスが《トルコ風呂》と題された東洋趣味の作品を描いているとき、主題や構図や人物のポーズが定まっているのに、そこに現実感をもたらす要素が欠落していた。そこに現われたのがマネットであり、輝くばかりの肉体をもち、鏡のなかでみずからの姿に陶酔するほどの彼女は、その欠落を充塡してくれる自然であり、現実だった。身体的存在としての女性は芸術表現にとって不可欠な要素だが、芸術家である男にとっては厄介な誘惑であり、危険な躓きの原因にほかならない。

愛や欲望という人間性と、芸術という超越性を調和させることはむずかしい。女性の肌がもたらす快楽と、作品によって実現される絶対性は両立しがたい。一方が他方の犠牲に供せられることが稀ではない。芸術家はたんなる人間以上の存在であり、またそうでなければならない。愛や情熱を創造活動の霊感源と見なすようなロマン主義的観点は、もはや時代錯誤である、とゴンクール兄弟は示唆しているようである。愛や情熱は、創造行為をさまたげる障害にさえなってしまう。コリオリスはマネットの出現によって、芸術家と人間の相克、超越性と現実性の葛藤を生きる運命を背負うことになるのだ。

アトリエのなかで、画家とモデルは宿命的に遭遇する。モデルである女性は、表現が達成されるために必要だが、芸術家にとっては才能を衰えさせる怖れが高い。ましてや女性が妻となり、さらに母となれば、芸術家にとって家庭は牢獄に変貌する。男にとって夫となり、父となることは幸福のひとつのかたちにちがいないが、芸術と芸術家にとっては衰退や頽廃の原因になる。ゴンクール兄弟の小説において、女性は芸術の敵であり、感情的なコミットと美学的なコミットは排除しあう。作品の最後でコリオリスがあらゆる野心と理想を喪失し、平凡な日常性に埋没していくのは、芸術家としての嘆かわしい死を象徴している。こうして『マネット・サロモン』は独身と禁欲を称え、女嫌いを標榜する。

芸術と家庭の対立

十九世紀フランス文学には、バルザックの『知られざる傑作』（一八三二）から、ミュルジェールの『ボヘミアンの生活情景』、ゴンクール兄弟の『マネット・サロモン』、ゾラの『制作』（一八八六）、そしてモーパッサンの『死のごとく強し』（一八八九）に至るまで、芸術家小説の系譜と呼べるものが存在する。そこでは作家や、とりわけ画家が恋をし、ときには結婚もするが、結末はつねに破局であり、悲劇である。

愛にコミットしない独身者、あるいは結婚した後に家庭生活が芸術創造を損なうと自覚する男は、十九世紀後半になってはじめて登場したわけではない。それ以前の文学にも、独身者たちは現われる。ただしその場合、独身者とは女を征服することをこのうえない快楽とする誘惑者（たとえばドン・ファンの系譜）や、あるいは逆に職業的に妻帯を禁じられている者（聖職者）や、貧困、病、身体障害などにより結婚を望めない者たちであった。バルザックは、やむを得ない事情によって独身を強いられる場合を除いて、エゴイズムによって独身をつらぬく男たちをきびしく糾弾した。小説『ピエレット』（一八三九）の序文において彼は、「独身とは社会に反する状態」であり、「根っからの独身主義者は文明を簒奪し、何も返してやらない。著者〔＝バルザック〕は彼らを断罪するという断固たる意図をもっている[24]」と、激しい口調で独身者を糾弾しているくらいである。

十九世紀後半の特徴は、芸術創造と自由の名において独身が正当化され、さらには称賛され、その結果として、結婚制度に疑義が突きつけられたことである。独身主義を標榜する作家や芸術家は、青春時代が過ぎた後もなおボヘミアン的な生活を続けようとする。独身とはやむを得ず課される呪われた状態ではなく、積極的に引きうけられた立場、意志表明になった。芸術という新たな宗教は、俗世間の規範を無視して、芸術に身を捧げる聖職者を求めたのだった。

結婚や、家庭や、生殖をめぐる、性科学の言説と文学の表象の対立は明らかである。十九世紀末において、社会道徳と衛生医学に依拠する性科学は独身者を堕落した者、デカダンな人間として断罪する傾向が強かった。それは芸術家＝独身者を社会の内部に棲息する異邦人と規定し、社会の辺境に追いやることにつながっていた。

第五章　倒錯の性科学

　前章で、結婚と夫婦生活の幸福をめざして、きわめて道徳的かつ実践的な忠告を提示した性科学にふれた。このカテゴリーに属する一連の著作は、医学的な議論を含んではいるが、基本的には一般市民に向けて啓蒙的で、教育的な記述を展開していた。

　性科学 sexologie という言葉はフランスで一九一〇年代から、性の領域における男女同権を求めた活動団体によって用いられ始めた。それ以前に流布していたセクシュアリティーに関する医学的な知識と一線を画そうとする、強い意志がそこに示されている。[1] とはいえ、性や生殖に関する知はもちろん二十世紀になってから体系化されたのではなく、すでに十九世紀から数多くの医学者、生理学者、衛生学者によって練り上げられていた。彼らの思想、その前提になっている価値体系、著作のなかで用いられている表現は、二十一世紀のわれわれの目にはしばしば奇異で、時代錯誤的に見える。ＬＧＢＴに示されるように性の多様性や、性の複雑な自己同一性にたいして敏感な現代人からすれば、ときには単なる偏見でしかない。しかしそれらすべてを含めた表象体系が、当時の人々の感性を形成し、文学をはじめとする芸術表現の世界に無視しがたい衝撃をもたらしたのも事実である。本章では、その表象体系の襞《ひだ》に分けいってみよう。

倒錯という現象

夫婦間の生殖と快楽の領域にとどまるかぎり、性はタブーの対象にならない。性科学者たちは、キリスト教的な倫理観に依拠しつつ、生殖につながる性を称賛し、しかるべく管理して家庭の秩序に資するよう取りはからった。そのためには、夫婦関係をエロス化することにもためらいを見せなかったのは、すでに確認したとおりである。それは性をつうじて幸福な身体を造形することであり、幸福な身体は社会の安寧に貢献すると考えられていたのだ。

しかし、身体は科学的な規範や宗教的な倫理につねに従うわけではない。それどころか、身体や、強烈な身体性の体験である快楽は絶えず規範や倫理を無視しようとする。身体はさまざまな意味での逸脱、あるいは暴力性への志向を絶えず内包しており、性愛の領域も例外ではない。当時は一般に、生殖につながる性、つまり異性愛が「正常な」性と考えられていたから、生殖につながらない、あるいははじめから生殖を無視した性は逸脱した性と見なされることが多かった。こうして十九世紀の性科学者たちは「倒錯 perversion」という概念を案出して、逸脱したセクシュアリティーについて問いかけるようになっていく。

この場合の倒錯とは、同性愛、サディズム、マゾヒズム、フェティシズム、獣姦、幼児愛《ペドフィリア》などである。いずれもそれ以前から知られていた性現象だが、十九世紀後半になると医学、精神病理学、法医学の影響のもと、それらをめぐる考察が位相を変えた。言うまでもなく、倒錯は身体現象であると同時に精神的、心理的な次元をはらんでいる。社会衛生の要素として夫婦間の生殖と快楽を論じた性科学に対して、こちらは倒錯や逸脱、つまり病理としてのセクシュアリティーとそれへの対処法を論じた、もうひとつの性科学の流れを形成する。

同性愛(フランス語でhomosexualité)という語は、ハンガリー人医師ケルトベニーによって一八六〇年代に創出され、考察が深められていく。用語として成立することで、医学者の向けるまなざしが刷新されたのである。文学者の名にちなむ命名であるサディズムとマゾヒズムは、ドイツのリヒャルト・フォン・クラフト゠エービング(一八四〇―一九〇二)が『性の精神病理学』(一八八五)で、イギリスのハヴロック・エリスが『性の心理』(全六巻、一八九七―一九二八)で多くのページを割いた主題である。そしてフェティシズムは、欲望が本来向けられるべき対象(男ないし女)ではなく、その対象の一部である特定の身体部位や、対象が触れたり身につけたりする物(衣類や装身具)に向けられる現象と定義されるが、フランスの心理学者アルフレッド・ビネ(一八五七―一九一一)によって、その著書『実験心理学研究』(一八八八)のなかではじめて体系化された。後年フロイトも『性理論三篇』(一九〇五)において、特異で興味深い病理的事例としてこのフェティシズムに注目することになる(フェティシズムについての詳細は第六章を参照)。西欧では一八八〇年代に入ってから、性の倒錯をめぐる問いかけが一気に加速したことが分かる。

性科学と精神医学の結びつきは強い。十九世紀末から二十世紀初頭にかけて、両者の結びつきをもっとも雄弁に語る病理現象がヒステリーであろう。狭義には知覚麻痺や痙攣などの身体症状と、健忘症や

アンドレ・ブルイエ《サルペトリエール病院におけるシャルコー博士の講義》(1886)。女性患者を見せながら弟子たちを前に講義するシャルコー。

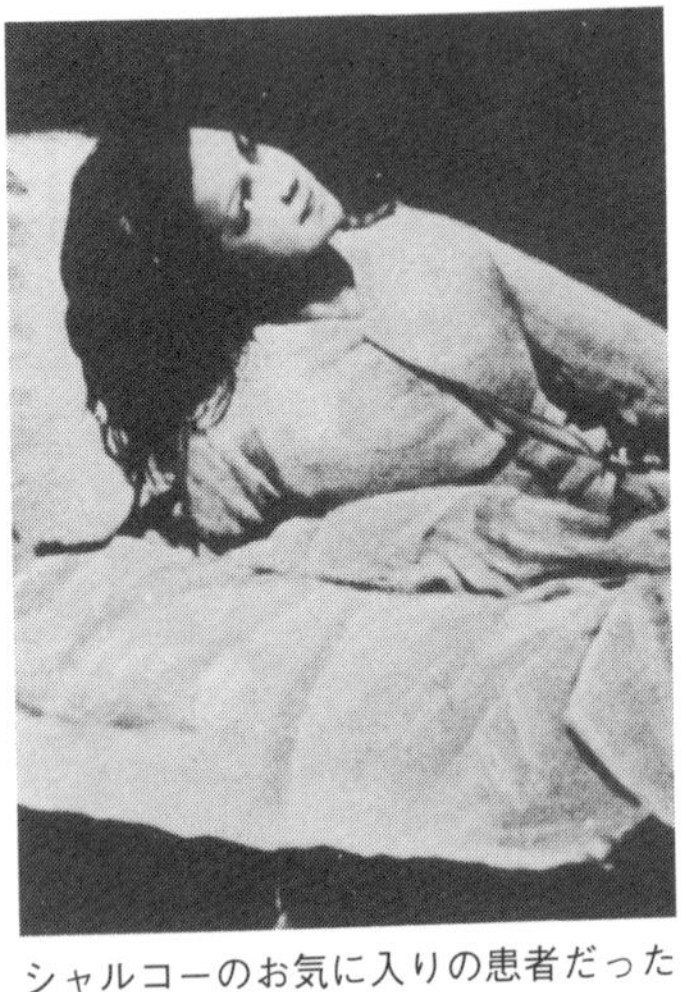

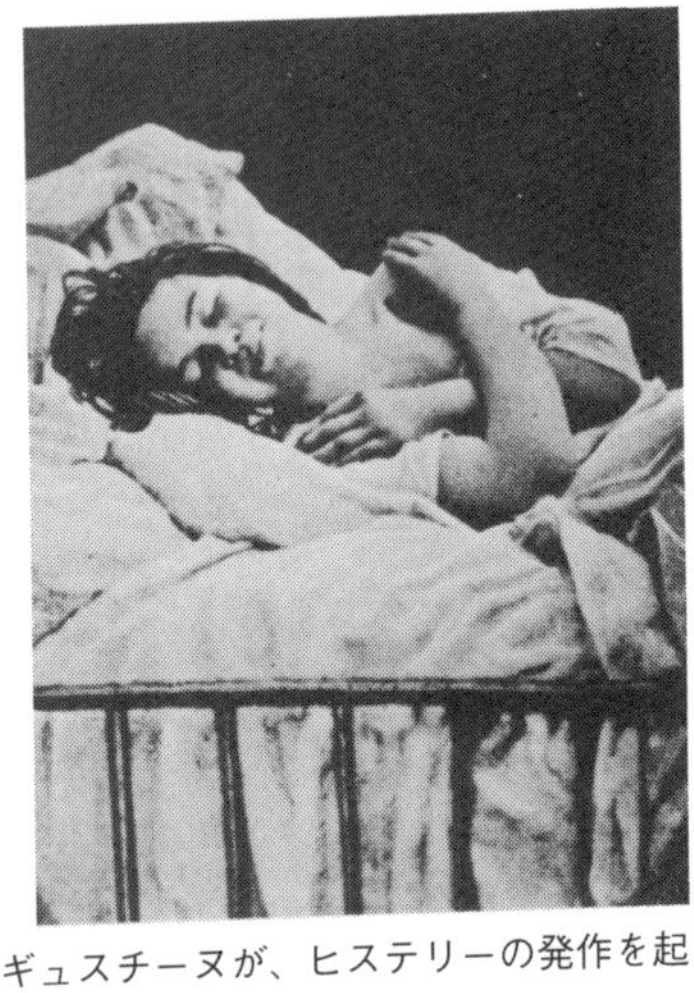

シャルコーのお気に入りの患者だったオーギュスチーヌが、ヒステリーの発作を起こしている。シャルコーは患者たちの写真を数多く撮影した。

虚言癖といった精神的症状を示す疾患だが、それが拡大解釈されて、女性（とりわけ若い女性）にありがちな病的状態がすべてヒステリーと関連づけられ、ヒステリーの名において語られる傾向があった。そのヒステリー研究の中心にいたのが、パリのサルペトリエール病院に君臨したシャルコー（一八二五―九三）にほかならない。週に一度、公開で催された彼の「火曜講義」には医学者のみならず（そのうちの一人が、当時パリに留学していたフロイトだ）、作家や芸術家、さらには一般市民まで詰めかけたほどである。シャルコーは患者の女性をその場に連れてきて、ヒステリーの発作を誘発しながら解説していた。当時の女性における性と病理をめぐる集合表象において、ヒステリーは決定的な要素だった。

興味深いことに、性の病理を論じる医学の言説と同時代の文学のあいだには、強い共鳴関係が成り立っていた。作家と医学者はそれぞれ固有の言説によって、性的病理のさまざまなケースを迫真の筆致で描写してみせた。たとえばユイスマンスの『停泊』（一八八六）やオクターヴ・ミルボーの『責め苦の庭』（一八九九）は、シャルコーやマニャンから借用した用語や臨床例に依拠しつつ、女性の作中人物のヒステリー発作をあざやかに喚起する。他方、ビネ、シャルコー、クラフト＝エービング、ハヴロック・エリスらは例外なく、自説を支える傍証として文学作品を援用しつつ、みずからの理論を精緻にしていった。一九〇〇年前後という時代に、性科学と文学は密度の濃い対話を交わしていたのだった。(2)

その点を考慮に入れながら、以下ではいくつかの「倒錯」を読み解いてみよう。

同性愛者の身体

議論の位相がとりわけ大きく変化したのが、同性愛をめぐる言説にほかならない。

まず強調しておきたいのは、それ以前から現象として存在していたが、特定の性愛カテゴリーとして分類されていなかったということである。ケルトベニーが命名したことによって、同性愛は一時的な行動ではなく人間の本質をなすひとつの属性、異性愛と異なる属性として規定された。

フランスを含め西洋諸国では、厳格なキリスト教道徳の影響のもと、同性愛は十八世紀まで「自然に反する」性愛として法で罰せられ、当事者は法廷で裁かれる危険があった。同性愛は医学の対象ではなく、司法の対象となる犯罪だったのである。

しかし十九世紀に入ると、国によって対応が分かれていく。アメリカ、イギリス、ドイツでは、同性間の性行為は相変わらず刑法上の犯罪として処罰された。「ソドミー法」と呼ばれる。作家オスカー・ワイルドが、「恋人」ダグラス卿との関係が公になって、一八九五―九七年に収監されたのはその最も有名な事例だろう。他方フランス、イタリア、スペインなどのラテン諸国では、同性愛をそれ自体で罰する法規を廃止した。ただし、公衆の面前で同性愛行為に耽ったり、未成年者を巻き込んだりした場合は、通常の刑法で取り締まられた。フランスでは、一八〇四年のナポレオン法典により同性愛が刑法の対象から外されたので、それが司法の場で争点化することはほとんどなくなった。

現代では状況が様変わりした。「ホモセクシャル」という語がはらむ差別的、侮蔑的なニュアンスを忌避して、同性愛者たちはみずからをゲイやレズビアンと名乗ることが多い。そして同性愛を告白するカミングアウトも、けっしてめずらしくなくなった。ゲイやレズビアンは社会の支配的価値観に対抗してみずからのアイデンティティーを主張するため、時には公的空間に出現することをためらわない。欧米でも日本でも、残念ながら彼らにたいする社会の偏見が払拭されたわけではないが、権利として主張されることにもはや違和感はない。

現代ではそこに、「性同一性障害」の問題が加わる。心の性と体の性が一致しないという意識が、個人の自己同一性までも脅かしてしまう。人間の性を決めるのは心なのか身体なのか、意識なのか生理なのか。十九世紀であればたんに倒錯や同性愛という概念で括られていた現象が、二十一世紀の現在ではその複雑性ゆえに、独自の対応を要求しているのである。

ちなみにフランスの公的機関が発行した『フランスの性行動調査』(二〇〇八)によれば、現代フランスで同性愛者(バイセクシャルを含む)の割合は約五パーセントで、イギリス、デンマークなど他の西洋諸国とほぼ同じ。現在の性科学では、同性愛は異性愛と異なるもうひとつの性愛という位置づけであり、両者を相補的なふたつのセクシュアリティーと見なすのが通例である。

十九世紀後半から二十世紀初頭にかけては、どのような認識が流布していたのだろうか。もはや処罰すべき犯罪ではないが、だからといって、異性愛と同じような資格でひとつの性愛カテゴリーと定義するほど人々がまだ寛容にはなっていない——それが当時の同性愛に向けられたフランス人の視線のヴェクトルである。そしてこの時期、フランスのみならず西洋諸国に共通したひとつの態度が鮮明になっていく。医学、精神病理学、法医学が同性愛をひとつの病、あるいは病理として語るようになったのである。刑法で裁かれるのであれば同性愛者は犯罪者だが、医学や精神病理学が対処するのであれば、同性愛者は病人となる。つまり同性愛の病理化、医療化が始まったということだ。同性愛者は罰すべき人間ではなく、治療すべき人間なのだという見方が広がっていった。犯罪者であれ病人であれ、正常で健康な市民から見れば逸脱した者ということになるが、同性愛者が司法の対象から医学の対象になったことは、やはり時代の風潮を露呈する無視しがたい変化だった。

法医学者アンブロワーズ・タルデュー(一八一八—七九)は、性犯罪や性暴力について体系的な調査を行ない、『風俗犯罪に関する法医学的研究』を一八五七年に刊行した。まだ「同性愛」という言葉も、「倒錯」という概念も提出されていなかった時代である。タルデューはおもに「男色 pédérastie」という語を使用し、「男色と肛門性交について」と題された第三部で、この男色が男どうしの売買春制度のなかで組織的に実行され、それが犯罪の温床になりやすいと指摘する。彼にとって男色は、倫理的には「恥ずべき悪徳」であり、社会的には「もっとも巧妙で、大胆な犯罪者が養成される学校」[3]にほかならない。そして男娼や囚人の生態を調べた末に、男色家の身体を次のように特徴づけてみせる。

髪は縮れ、顔には化粧を施し、襟は剝き出しで、からだの線を際立たせるために胴を締めつけ、指や耳や胸元には宝飾品をつけ、からだ全体から強烈な香水のにおいを発散し、手にはハンカチや花を持っている。これが男色家の正体を現わす異様で、嫌悪感を催させる、そして当然ながら疑わしい相貌である。私が何度も目にした、それにおとらず特徴的なのは、このようにわざとらしく洗練され、外面的な身だしなみには配慮するくせに、それだけで人はこうした連中を避けてしまうだろうと思われるくらいの、ひどい不潔さという対照である。[4]

偽装された女性性をまといながら、衛生的な配慮をまったく欠いた男色家は、その不均衡な身体と外面性によってタルデューの眉を顰めさせる。さらにはあえて引用しないが、この法医学者は男色家の性器や肛門の形態上の特徴まで詳細に記述して、その異常ぶりを強調することを忘れない。男色は、性的に逸脱した傾向であるのみならず、それに耽る者の身体に消しがたい外的符牒《ふちょう》、したがって事情に通じた者ならただちに識別できるような外的符牒を刻印する。性の逸脱は、身体に負の烙印を残すとされたのだった。

同性愛をより明確に病理現象と見なし、「倒錯 perversion」と規定したのが十九世紀末の精神医学者たちだった。フランスでこの言葉を初めて使用したのは、シャルコーの同僚にして友人のヴァランタン・マニャンで、一八八五年のこと。『異常、錯乱、性倒錯』のなかで、色情狂の人や、幼い子供や老人にたいして異様な欲望を覚える人と並んで、同性を性欲の対象にする者（マニャンは homosexuel という語を使用していない）を性倒錯者のカテゴリーに入れている。例にあげられているのは、子供の頃から女装や香水に興味をもち、男の裸の上半身や美青年に抑えがたい欲望を感じ、他方で女性にはまったく興味を感じなかった三十代の男である。現代ならば、異性装の趣味や性同一性障害の要素も含まれているということになるだろう。男女とも同性愛者は感覚がきわめて過敏で、抑鬱症の傾向が強い、とも指摘されている。性の指向は脳の作用に影

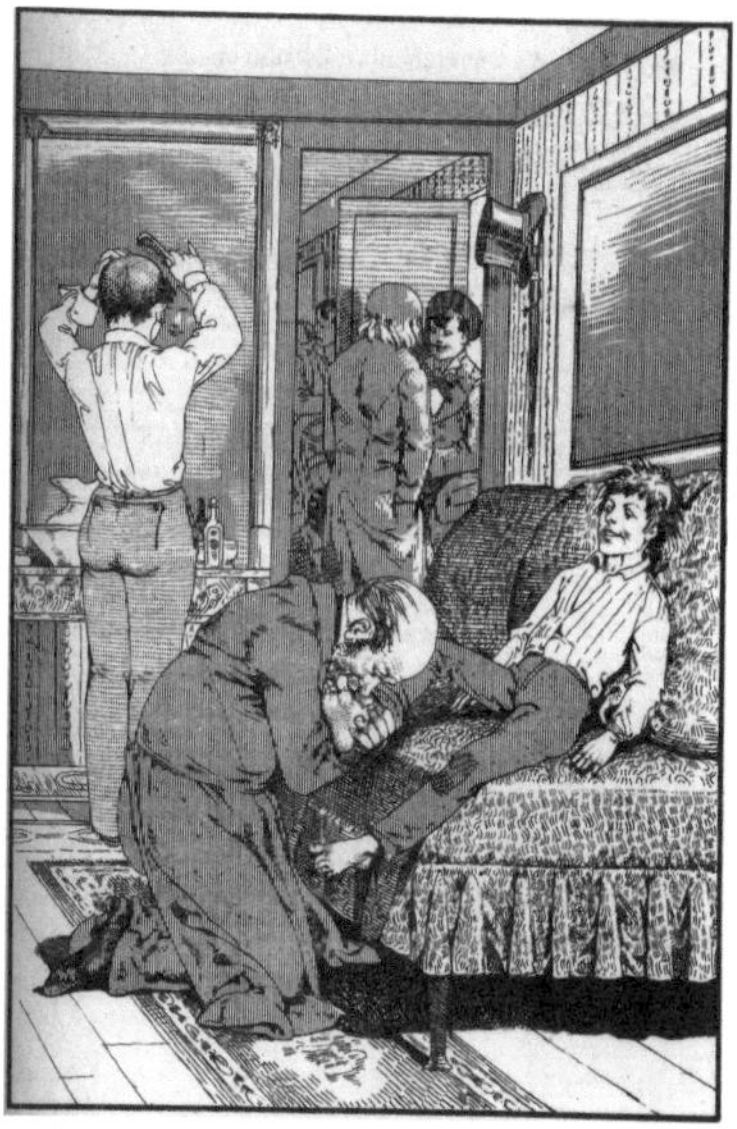

少年愛に耽る男。レオ・タクシル『現代の売買春』（1884）の挿絵。

響されるとして、マニャンは同性愛を最終的に次のように定義する。

同性愛者というのは、男のからだに女の脳がつき、女のからだに男の脳がついているようなものである。(5)

しかし当時の西洋で同性愛を最も過激に倒錯と同一視し、したがって病理化するのに貢献したのは、ドイツの精神科医クラフト＝エービングで、その著書『性の精神病理学』(一八八五、仏語版は一八九五)はさまざまな性の逸脱を論じて後世に絶大な影響力をもった。第三部「性生活の一般的な神経病理と精神病理」において、著者は男女双方の同性愛に多くのページを割いている。そして先天的なものであれ、後天的なものであれ、同性愛は病理的な倒錯と規定されている。次の一節は、仏語版からの引用である。

その原因は生理中枢の異常と、異常な性心理の傾向でしかありえない。解剖学的、機能的な要因という観点に立てば、この傾向はいまだ謎につつまれている。ほとんどすべての症例において、倒錯者はさまざまな種類の神経病理学的な欠陥を示し、それらの欠陥は遺伝的な変質の条件と関連づけられるので、臨床的な立場からすれば、この性心理の異常は機能的な変質を示す表徴と見なしうる。この倒錯した性行動は、性生活が発展する際に外部からいかなる刺激がなくても自然に、性生活の異常な変質を表わす個人的な現象として明らかになる。こうした性行動は先天的な現象として、われわれの注目をひく。あるいはまた、はじめは正常な道筋をたどっていた性生活を送るうちに、この性行動が進展し、あきらかに有害な何らかの影響によって引き起こされたと考えられる。その場合は、後天的な現象ということになる。(6)

異常、欠陥、倒錯、変質といった用語に明らかなように、同性愛は否定しがたい病理として提示されている。しかもそれはたんに心理的な倒錯というに留まらず、「機能的な変質」を示す徴候でもあるというのだから、病理は身体レベルにまで波及する。十九世紀末、同性愛は心理的にも身体的にも、正常な異性愛からの逸脱として把握されたのだった。精神医学者のなかには、たとえばハヴロック・エリスのように同性愛を病理的にとらえるのではなく、たんに「第三の性」と認識する者もいた。この第三の性という表現は十九世紀前半に、作家バルザックの『娼婦盛衰記』や、テオフィル・ゴーチエの『モーパン嬢』で用いられたことがある。(7) とはいえ医学界の趨勢としては、マニャンやクラフト゠エービングの見解が優勢だった。

『ソドムとゴモラ』

プルーストの小説は、そうした精神風土を背景にして書かれた。彼の『失われた時を求めて』(一九一三―二七)において同性愛が大きな比重を占めていることは、よく知られている。男女を問わず同性愛者、あるいはたとえ一時的であれ同性愛的な行動を示す登場人物は多いし、彼らとの人間関係が主人公の生の軌跡に波及する。とりわけ、『創世記』のなかで同性愛ゆえに神の業火によって滅ぼされた都市の名前をタイトルにした『ソドムとゴモラ』にその傾向は明らかである。

とはいえ、プルーストの作品は、同性愛者の立場と権利を認めるよう主張する戦闘的なマニフェストではなく、同性愛を「悪徳」と見なし、同性愛者を「倒錯者 inverti」(作家自身の言葉である)とする点では、十九世紀末から二十世紀初頭の通念と隔たっていない。作家は、先に述べた当時の性科学の言説に精通していたし、したがって医学者や精神科医が同性愛者をどのように捉えていたかを知っていた。みずからも同性愛者だったプルーストは、そうした言説のかなりの部分を内面化したと思われる。同性愛を悪徳としたのは、異性愛者の作家が同性愛者に押しつけた烙印ではなく、作家の自己認識を規定する考え方だった。

実際『失われた時を求めて』の語り手は、シャルリュス男爵が同性愛者だと悟ったとき、同性愛者はまさしく呪われた種族、社会から永遠に追放された集団であるとためらうことなく断言する。

〔同性愛者は〕呪われた不幸にとり憑かれ、嘘をつき、偽りの誓いを立てて生きてゆかざるをえない種族なのだ。なぜなら、あらゆる人間にとって生きる最大の楽しみである自分の欲望が、罰せられる恥ずべきもの、とうてい人には言えぬものとみなされていることを承知しているからである。この種族は、自分の神をも否認せざるをえない。なぜなら、たとえキリスト教徒であっても、被告として法廷の証言台に立つときは、キリストの前でキリストの名において、まるで誹謗中傷から身を守るように、おのが生命にほかならぬものを否認しなければならないからである。(8)(吉川一義訳)

同性愛的な欲望は、みずから口にできない欲望であり、同性愛者は、みずからそう名乗ることが禁じられている人間である。さらに語り手は続けて言う。それは母親にたいして生涯偽り続けなければならないという意味で「母のない息子」であり、みずからの本質的な性向を秘匿しつつ交際しなければならないかぎりにおいて「友情なき友人」である。彼の人間的な魅力を感じて友情を捧げるひとたちでも、彼が同性愛者だと判明すると、態度を豹変させることがあるからだ。プルーストは同性愛を病理現象だと見なすところまではいかないが、ひとつの異常だと考える。恥ずべき悪徳であるという意識は、作家自身の内面にも重くのしかかっていたにちがいない。

サディズム

同じく性倒錯の形態として、サディズムと、その裏返されたかたちであるマゾヒズムに言及しないわけにはいかない。サド＝マゾヒズムという用語も存在するくらいで、両者のあいだに現実的な連続性、あるいは並存性が認められることは、すでにフロイトも指摘していた。サディストは潜在的なマゾヒストであり、その逆もまた真である。一方から他方へ入れ替わる可能性はつねに拓かれているのだ。

言うまでもなく、二つの名称はどちらも文学者、すなわち十八世紀フランスの作家サド（一七四〇―一八一四）と、十九世紀オーストリアの作家ザッハー＝マゾッホ（一八三六―九五）に由来する。彼らの作品に見られるような特異なエロティシズムのあり方を、臨床医学的そして精神医学的に命名するために案出された言葉である。医学者たちがさまざまな事例にもとづいて病理として規定するようになった性の現象を、文学者はみずからの文学的想像力によって先取りしたのだった。物語が臨床医学的な考察をうながし、それを豊かにしたということである。

サディズムという語はフランスでは一八三〇年代から使用されていたが、それを倒錯として明瞭に定義し、一般に流布させたのがクラフト＝エービングであり、彼はまた同時に、マゾヒズムという語を発明した人物でもある。その意味でも、彼が十九世紀末の性的倒錯に関する性科学の領域で大きな足跡を残したことは、いくら強調しても足りない。その後フロイトが『性理論三篇』で、性対象に苦痛をあたえようとする傾向と、逆に性対象から苦痛をあたえられるのを好む傾向は、あらゆる倒錯のうちで最も頻繁に生じると述べた。現代では、同性愛はひとつの性の形態として市民権を獲得したが、サディズムとマゾヒズムはそれが過激な暴力行為に繋がる危険をはらんでいるだけに、秘められたセクシュアリティーの次元にとどまっているようだ。

では十九世紀末という時代、両者はどのように把握されていたのだろうか。クラフト＝エービングの記述を跡づけてみよう。

男女関係においては、一般に男が行動的、攻撃的であり、女が受動的、防御的である。性愛において男は女の抵抗を打ち破り、女を征服することに快楽を覚えるものであり、その態度そのものは自然の法則にかなう。軽微なサディズムなら、あるいは空想の領域に留まるサディズムならば、問題視する必要はない。しかしそれが限度を超えて病的なまでに激しくなり、愛や欲望の対象を滅ぼしかねないことがある。

もし二つの要素が出合えば、つまり、愛の対象にたいして激しい反応を示したいという明瞭で異常な欲望が、女性を屈服させたいという極端な欲求と結びつけば、最も激越なサディズムの発作が起こる。

したがってサディズムとは、とりわけ男性において、普通の状況でも生じうる性生活の付随的な現象のいくつかが、病的に誇張されたものにほかならない。当然ながら、サディストが自分の性癖のこうした側面を自覚する必然性はないし、またいつでもそうだというわけでもない。サディストが感じるのはもっぱら、女性にたいして暴力的で残酷な行為に及びたいという欲望であり、そうした残酷な行為を想像するだけで感じる快楽である。そこから、望んだ行為を実行に移したいという強い衝動が生まれる。この性癖の真の原因はこのように振る舞う者にも分からないので、サディスト的行為は衝動的な行為という性質をおびている。(9)


クラフト゠エービングの『性の精神病理学』においては、サディズムはもっぱら男性の病理として記述されており、女性の場合はきわめて稀だとされている。そして暴力的な行為が向けられる対象はつねに女性である。ドイツの精神科医は、サディズムを単なる暴力への欲求ではなく、相手を心理的、精神的にも服従させたいという支配欲の表われと認識していた。身体と精神を媒介にして、支配―被支配、征服―屈服という権力関係が成立する。サディストは女性の身体を虐げ、苦痛にさらすことによって快楽を覚える。それは現実の行為として具体化しなくても、空想だけでも充足されうる欲求である。

他方、女性のサディズムの症例として挙げられているのは、夫に自分の腕を傷つけるよう求める妻のケースで、夫の腕から流れ出た血を舐めると性的興奮を覚えたという。吸血女のイメージに近い、きわめて例外的な事例である。こちらのほうが身体性の次元がより濃厚で、なまなましい。女性のサディストは相手に心理的な服従を求めるのではなく、もっぱら身体的な暴力によって、しかも自分が手を下すのではなく、目の前の相手に自傷行為をさせることによって性的快楽を感じるのだ。サディズムの男女差を指摘したのは、性的な身体にたいする男女の感覚の差異を際立たせている点で興味深い。

続いてクラフト゠エービングは、みずから観察した実例や、他の医師たちによって報告された症例に依拠しつつ、サディズムのさまざまなかたちを識別する。性的快楽と死の結びつきはしばしば指摘されることだが、残虐行為による快楽を求めるあまり相手の女を殺害するような男がいるし、屍体愛《ネクロフィリア》もサディズムの一種として言及されている。性愛の対象となる女に加えられる暴力には、さまざまなかたちがある。ナイフのように先の尖ったもので肌を傷つける、鞭で打つ、尻や性器を傷つけるなど、身体を直接的に損傷させることで射精に達する男がいれば、糞便など不潔なもので女を汚す、女の髪を切るなど「象徴的なサディズム」によって満足を得る男もいる。サディズムはまさに、「正常な」性愛の規範を徹底的に無視し、無軌道な欲望を肯定する。

サディズムが作家サドの名に由来するとはいえ、クラフト゠エービングは彼の作品に言及することも、ましてや引用することもない。『ジュスティーヌ、または美徳の不幸』（一七九一）や『悪徳の栄え』（一七九七）で描かれているような、常軌を逸した性愛の戯れがサディズムの症例として病理学的な観点から論じられることはないのだ。彼が実際に知りえた症例は、そこまで逸脱していなかったということかもしれない。他方、マゾヒズムとなると事情はだいぶ異なる。

マゾヒズム——ルソー『告白』

マゾヒズムは文学的表象と切り離せない倒錯である。

クラフト＝エービングがこの新語を生みだす機縁になったのは、ザッハー＝マゾッホの代表作『毛皮を着たヴィーナス』（一八七一）だが、マゾヒズム的な性癖はすでに十八世紀の文学作品で描かれていた。『毛皮を着たヴィーナス』の主人公ゼヴェリーンは、みずからをプレヴォー作『マノン・レスコー』（一七三一）の主人公デ・グリューになぞらえるし、ルソーの自伝『告白』（一七八二―八八）で語られている一挿話は、クラフト＝エービングも、彼が収集した症例の証言者の一人も明瞭にマゾヒズムの例として名指している。プレヴォーの小説では、マノンが奔放で不実の限りを尽くすが、男はそうと知りつつ女と別れることができず、あらゆる妥協をして、みずからを卑しめ、罪人にまで堕落しながらマノンを愛し続ける。ゼヴェリーンはそこに、魔性の女ワンダに服従し続ける自分の姿を重ね合わせたのだ。

他方、『告白』における八歳の幼いルソーは、ランベルシエ嬢という三十歳の女性に折檻されることで、奇妙な肉体的愉悦を感じてしまう。


実際に懲罰を加えられてみると、あらかじめ予期していたほど恐ろしいものではなかった。しかもじつに奇妙なことに、この懲罰のせいで、わたしはそれを加えたひとをいっそう好きになった。この愛情が真実そのものであり、わたしが生来穏やかな性質だったので、わざと悪いことをして同じ折檻をもう一度してもらおうという気を起こさずにすんだのだ。というのもわたしは苦痛のうちに、恥辱のうちにさえ、何がしかの悦楽がまじっているのを感じ、同じひとの手によって再びそれを味わいたいという欲望が、その恐怖よりも強かったからである。きっとそれには早熟な性本能が

馬乗りになった女にいたぶられて喜ぶ男。クラフト＝エービングによれば典型的な男のマゾヒズムのかたちである。

関与していたにちがいないから、同じ懲罰をランベルシエ嬢の兄から受けたなら少しも快く思えなかっただろう[10]。

『告白』の第一巻、ごく初めのページで喚起されているエピソードである。「わたしは苦痛のうちに、恥辱のうちにさえ、何がしかの悦楽がまじっているのを感じ、同じひとの手によって再びそれを味わいたいという欲望」を覚えた。マゾヒズムのすべての要素がここに凝縮されている。苦痛と恥辱が悦楽をもたらし、それを実現させるのは異性の手である。身体的な折檻をともなう罰は、少年ルソーにとっていささかも辛い体験ではなかった。だからこそ同じ機会が巡ってきた時、彼は平然と、いや内心悦びを感じながらその罰を受け入れる。しかしこの二度目の折檻は、最後の折檻になった。ランベルシエ嬢は何かのしるしによって少年の倒錯的な悦びに気づき、そこに不謹慎なものを感じて、それ以後は折檻をやめてしまうからだ。そして『告白』の作者は、子どもの頃に受けたこの罰が自分の好みや、欲望や、情熱を生涯にわたって規定したと打ち明けるのである。

ルソーのテクストを熟知し、それを意義深い症例として引用するクラフト＝エービングは、マゾヒズムを次のように定義している。

私の言うマゾヒズムとは、次のような心的性生活の特殊な倒錯のことである。つまり、ひとが性的な感情においても思考においても、異性の人間に絶対的かつ無条件に服従し、そのひとに傲慢なやり方で扱われたいという想念に取りつかれている状態を指す。その結果、屈辱や拷問さえ厭わない。この想念には快楽の感覚がともなう。この想念に冒されている者は、そうした状況や場面を喚起してくれる空想の産物に喜んで身をゆだねる。彼はしばしばそうした空想を現実に移そうとする。そしてこの性的傾向の倒錯ゆえに、女性の通常の魅力にたいしては多かれ少なかれ無関心になり、普通の性生活ができなくなり、心的な不能になる。この心的不能の根底にあるのは、異性への恐怖ではない。不能は、正常な場合と同じように、倒錯傾向の満足が交接行為ではなく女性に由来するという事実にもとづいている。(11)

秘められた悦楽

クラフト゠エービングがここで念頭に置いているのは男性マゾヒストだが、もちろんマゾヒズムは男女双方に観察される病理現象である。というより、精神科医が実際に臨床の場で対処する事例は、そしておそらく現実社会においても、女性のほうが多い。クラフト゠エービングもその点はよく認識しており、それを二つの理由で説明している。第一に、性愛は男にとってはさまざまな関心事のひとつ、人生の一挿話にすぎないが、女にとっては人生のきわめて大きな部分を占めている。第二に、男は性愛衝動をさまざまな機会に満たし、鎮静させることができるが、女、とりわけ上流階級の女性にはそれが禁じられている。性愛の重要性の大小と性的抑制の習慣という二つの要因は、女を性愛において受動的で、ときには屈従的な立場に追い込みやすい。それは心理的にも、身体的にも女をマゾヒズムへと向かわせる。

クラフト＝エービングは『性の精神病理学』のなかで、マゾヒストたちがみずからの秘めた性癖を告白する手記や自伝を数多く引用している。十九世紀においては、そして程度は弱まるものの現代でも、同性愛であれ、サディズムであれ、あるいはマゾヒズムであれ、逸脱した性愛はあからさまに語られる出来事ではない。倒錯は家族や友人たちには必然的に隠匿され、医師の前でだけ告白される秘密となる。そのような手記や自伝を読むと、マゾヒストは子供時代から異性によって折檻されたり、罰を加えられたりする情景を空想したり、実際にそうされることで快楽を覚えている。成人して娼家に足を運ぶようになると、娼婦に暴力を振るわれることで性的興奮を味わう。

そうした身体的暴力の典型が鞭打たれ、長靴を履いた足で踏みつけられるという行為にほかならない。われわれ日本人には鞭打ちというのは、ずいぶん猟奇的で特異な行為に思われるが、乗馬文化が浸透し、教室や家庭で子供のしつけのために鞭が使用されていた当時の西洋社会において、鞭は身近な道具なのだ。マゾヒストにとっては、愛する女から鞭打たれ、頑丈な長靴で踏みつけられるのが無上の快楽であり、感謝のしるしとしてその足に接吻さえするという。本来は動物の調教や、子供の訓育のための器具だった鞭が、性的快楽に至るための器具に変貌する。そのしなやかな先端で肌をいたぶられることで、身体が倒錯的な悦びを覚えるのである。

クラフト＝エービングはマゾヒズムの生成をおもに二つの要素で説明している。第一に性的過敏症。愛の対象から苦痛をこうむることが性的欲求を強め、それが病的なまでに昂進する。第二に性的な従属状態。恋愛関係において多少の従属状態はよく見られる現象で、それ自体は異常でも倒錯でもないが、それが病的なまでの隷属に高まると、男女関係は主人と奴隷の関係に転じる。実際、手記の作者の多くはみずからを「奴隷」に、愛する女を「主人」になぞらえるのをためらわない。こうした自由意志の稀薄化、あるいはその完全な喪失こそが、マゾヒズムの本質を構成する。

男性マゾヒストにとって、最も重要な点は女性への従属ということである。虐待はこの状態を示す一様式、あえて付言すれば、もっとも雄弁な一様式にすぎない。男にとってこの行為には象徴的な価値がある。それは自分の精神状態と特殊な欲望を満足させるための手段なのだから。(12)

サディズムは、快楽を求めるあまり相手の死さえ引き起こすことがあるのに対し、マゾヒズムは死の衝動にまでは至らない。最終的に人間の種としての保存本能が作用して、マゾヒストは死の手前で立ち止まるからだ。

マゾヒズムの原型——『毛皮を着たヴィーナス』

クラフト＝エービングは、現実には女のマゾヒストが多く、それは女の本性と社会的慣習によって誘発される現象だとしたが、『性の精神病理学』が取り上げているマゾヒズムの事例は男のものが多い。

そして興味深いことに、文学の領域でマゾヒズムの表象を探し求めれば、男がマゾヒストとして振る舞う例が圧倒的に多い。しかも、ルソーの『告白』では八歳の少年がマゾヒズム的衝動に捉えられるが、一般には成人した男がこの病理を生きる。

その典型はもちろん、マゾヒズムという言葉の起源になったザッハー＝マゾッホの『毛皮を着たヴィーナス』である。この作品では、男女の関係が文字どおり身体による支配と隷属の関係として語られている。

ガリツィアの貴族ゼヴェリーンは、カルパチア山脈の鄙びた保養地で若く美しい未亡人ワンダに出会い、恋の虜となる。ゼヴェリーンは女の「奴隷」としてひたすら愛を捧げると誓い、ワンダは主人として、絶対的な専制君主として男を暴力的に支配するのをためらわない。その場面が最初に展開するページで、そうしたマゾヒズムの身体性があからさまに露呈する。男が愛の名において女の前で床にひれ伏して、女に残酷な仕打ちをしてくれるよう哀願すると、女は男の顔を足で踏みつけ、さらに跪かせると鞭で容赦なく打ちすえるのだ。その痛みが男に強い快楽をもたらす。すでに見たように、鞭は西洋文明圏においてサド＝マゾヒズムを演出する恰好の小道具にほかならない。

鞭は背中に、腕に、雨霰のようにしたたかに降った。どの一打ちも肉に食い入り、そこに燃えるような痛みを残した。だがその苦痛が私〔ゼヴェリーン〕を恍惚とさせるのだった。なぜなら苦痛は私が恋いこがれ、その人のためならいつ何時なりと生命を投げ出す覚悟のある彼女の手からやってくるからなのだった。(13)（種村季弘訳）

その後も、男が縄で柱や杭に縛りつけられて鞭打たれる場面が何度か反復される。女は他人に男を鞭打たせて、みずからはそれを悠然と眺めて楽しむこともある。身体的な暴力はつねに一方的に振るわれる。性的倒錯において、身体的な関係はつねに不均衡であり、けっして平等ではない。

ジル・ドゥルーズが『マゾッホとサド』(一九六七)で指摘したように[14]、こうしたマゾヒズムは単に性的本能に奔放に身をゆだねた結果ではなく、男女の側から周到に準備された「契約」がもたらした帰結である。マゾヒズム的欲望は相手にたいする誘惑の身ぶりであり、みずからにたいする演技の遂行となる。その誘惑と演技が持続して機能するためには、それを一定の規範によって定式化したほうがいいだろう。身体の欲望は束縛を課されることによっていっそう先鋭化し、倒錯の程度を高めるものだ。

『毛皮を着たヴィーナス』仏語版(1902)の挿絵。ゼヴェリーンを踏みつけ、鞭をふるうワンダ。

ゼヴェリーンとワンダはやがてフィレンツェに赴くが、奴隷と主人という関係は変わらず、それを明記した契約書が作成される。その契約書の文言によれば、ゼヴェリーンはワンダの恋人ではなく奴隷であり、以後はグレゴールと名乗り、ワンダのあらゆる願望を充足させ、あらゆる命令に無条件に服従する義務を負うことになる。男はいまや女の所有物として、女のあらゆる気紛れに従わなければならない。

他方、女が男にたいしてなすべきことは、男を虐待する時に毛皮を身にまとうということだ。この毛皮は次章で見るように、性的フェティシズムの典型的な対象であり、マゾヒズムとフェティシズムの繋がりは密接であることが理解できる。要するに、男は自由意志と理性を放棄し、名前というアイデンティティーを喪失し、身体的、精神的に君主に隷属することを受け入れるのである。ザッハー＝マゾッホは性的関係に暴力が内在すると考えていた。『毛皮を着たヴィーナス』の男女が交わす契約は、そうした暴力を操ることをいわば合法化した文書である。

『ナナ』から『O嬢の物語』へ

契約書が交わされるところまではいかないが、やはり中年の男が若く官能的な女に精神的にも身体的にも服従し、みずから崩壊していくさまがゾラの『ナナ』（一八八〇）に描かれている。「男を食らう女」ナナ、その妖しく蠱惑的な肉体によって男たちを誘惑する高級娼婦ナナに恋焦がれる一人が、宮廷侍従という立派な地位に就いているミュファ伯爵。ゼヴェリーンといいミュファといい、どちらも貴族の家系に属し、恭しい立場にある男にかぎってマゾヒズム的な欲望に駆られるようだ。

ミュファはナナが淫乱で、不実で、浪費癖のある女だと知りつつ、そして男たちを滅ぼす妖婦であると知りつつ彼女から離れられない。ある時ナナとミュファは、部屋のなかで動物の真似をして這いまわるという子供じみた遊戯に興じるが、その遊戯がやがて異様な行為へと変わっていく。その変化を引き起こすのは一種の錯乱であり、倒錯としか言いようがない。「閉めきった部屋のなかに錯乱の風のようなものが吹き込んで、しだいに強くなった。邪淫がふたりを狂わせ、肉欲の気違いじみた空想へと走らせた」[15]。ミュファが四つん這いになると、ナナは彼を熊や、馬や、犬のように扱い、その人間性や尊厳を徹底的に蹂躙して悦に入るばかりでなく、鞭（またしても鞭！）で殴り、足で踏みつける。そして犠牲となる男のほうは、そのことに無上の快楽を覚えるのである。

伯爵のほうは自分の卑しい振る舞いが気にいり、動物になる喜びを味わっていた。そしてもっと下劣になりたくて、叫ぶのだった。

「もっと強く殴ってくれ……。うー！　うー！　僕は狂犬だ、さあ殴ってくれ！」[16]

ゾラ『ナナ』の挿絵版より、ナナとミュファ伯爵。

由緒正しい家柄に生まれた謹厳な伯爵ミュファは、下劣さと卑しさをみずから受け入れ、果てしなく堕ちていく。パリの貧しい労働者階級の娘として生まれ、高級娼婦となったナナからすれば、その頽廃のさまを目にすることは、社会的な復讐の意味をもつ。性的な身体は、階級的な次元と無関係ではないのだ。ミュファは熊や犬の身体になることによって、つまり人間性を喪失することによって、マゾヒズム的な欲望を充足させる。ゼヴェリーンが契約によってすべての自由と尊厳をワンダに譲り渡してしまったように、ミュファは身体によってその堕落を露呈する。動物であれば、主人から鞭を当てられ、蹴られても苦言を呈することはない。ここでもまた主人と奴隷、支配と服従という構図が出現する。マゾヒズムは性的倒錯であると同時に、身体的な人間喪失にほかならない。

『毛皮を着たヴィーナス』では、ゼヴェリーンが動物の真似をするという場面はないが、ワンダは残酷なまでに激しい鞭打ちを彼の身体に加える。『ナナ』の場面には血なまぐささや残酷さはないが、男の身体は疎外される。十九世紀末の西洋における男のマゾヒズムは性的倒錯であると同時に、身体の逸脱にほかならない。そして二作品に共通するのは、マゾヒズムの場面がどちらも閉鎖的な空間のなかで繰り広げられることである。保養地にある住居の一室であれ、フィレンツェのホテルであれ、あるいはナナの寝室であれ、そこは閉じられた密室であり、他者のまなざしが介入することはない。二十世紀文学のなかで典型的なマゾヒズム的小説であるポーリーヌ・レアージュの『O嬢の物語』(一九五四、こちらは女のマゾヒスト)にしても、その性的戯れの舞台はパリ北郊に位置する、謎めいた妖しげな館である。[17]

マゾヒズムは密室空間と相性がいいのだ。

暴君のような女と、その女に屈従する男――この構図は文学のみならず、十九世紀末の造形芸術においてもしばしば表象された。専制君主や主人のように振る舞う女と、その犠牲になる男、と言い換えてもいいだろう。いわゆる「宿命の女 femme fatale」もそうした系譜に連なる表象である。ブラム・ダイクストラは『倒錯の偶像』[18](一九八六)において、世紀末の西洋文化に瀰漫していた悪の女性、あるいは女性悪の多様なイメージを列挙してみせた。今ではまったく忘却されてしまった二流芸術家たちを含めて、彼らの絵画、版画、彫刻をつうじて浮き彫りになるのは、当時の人々（とりわけ男たち）が抱いていた激しく強靭な女たちへの不安であり、怖れである。

ロダンの彫刻《永遠の偶像》（一八八九）では、中腰の裸の女の前で、両手を縛られたように背中に回した男が跪いて、女を崇拝する姿勢でその胸元に接吻し、女のほうはそれを傲慢な様子で見下ろしている。一見愛の風景に思われもするこの像は、女＝主人、男＝奴隷というすでに何度も遭遇したジェンダー不均衡をあざやかに際立たせる。より一般的には、聖ヨハネを斬首させるサロメ、サムソンの髪を切って無力化するデリラ、祖国を救うためとはいえオロフェルヌを殺害するユディットなど、神話や聖書に登場する矯激な女が、しばしば禍々しい姿で描かれた。そこでは男が無力な犠牲者である。ギュスターヴ・モローやビアズリーが描いた一連のサロメ像が、それをもっとも雄弁に証言している。そうした女たちのサディズムの犠牲者の姿には、同時代の男たちが抱いていた漠たる恐怖が反映しているにちがいない。そしてその恐怖は、十九世紀末に蔓延した女嫌い《ミソジニー》という病理の裏返しでもあるのだ。

ロダン《永遠の偶像》(1889)。

トゥドゥーズ《勝ち誇るサロメ》(1886)。銀の盆に載せられたヨハネの首を前にしたサロメは、19世紀末に「宿命の女」のイメージを凝縮する表象だった。

聖ヨハネの首を手に微笑むサロメ。ビアズリーがオスカー・ワイルド作『サロメ』のために描いた挿絵より(1907年)。

現代のＬＧＢＴにたいする認識が示すように、性的指向や性行動にたいする人々の考え方は時代と社会によって異なる。十九世紀から二十世紀初頭の西欧は性科学と精神病理学が大きな発展を見た時代だが、その当時、同性愛、サディズム、マゾヒズは今日とは異なる見方をされていた。いずれも特殊で、不道徳で、不安を引き起こす性的倒錯と見なされ、そのかぎりで病理現象だった。性科学は性の快楽とその発現様式をめぐる問いかけであり、ともすれば無軌道になりがちな欲動を規制しようとしたのである。また性的倒錯は公序良俗と宗教に反する行為（十九世紀の検察当局がよく使用した表現）とされ、ときには犯罪の温床という烙印さえ押されていた。それゆえに、性科学が法医学や犯罪人類学と結びつくこともあったのである。

パリでシャルコーに学んだフロイトが、セクシュアリティーのあらゆる形態を精査し、人間の心理と人格を構成する根本要素と見なすようになると、本章で論じた性的倒錯をめぐる認識も変化する。しかし、一九〇〇年前後のフランスでフロイトはまだ知られていない。精神分析による諸発見が、性と快楽をめぐって人間性への考察に根底から変革を迫るようになるのは、第一次世界大戦後のことであり、それは二十世紀の課題になるだろう。

第六章　フェティシズムの誘惑

十九世紀末の西欧社会では、精神病理学と性科学と犯罪人類学がめざましい発展を示し、パリはその中心地のひとつだった。フランスのみならずドイツ、オーストリア、イギリス、そしてイタリアの学者たちが研鑽を積み、専門雑誌に論考を載せ、著作を世に問うた。意義の大きな書物はそれぞれの国で時をおかずに翻訳されることで知識が共有され、論争が巻き起こった。フランスのシャルコーが全ヨーロッパ的な名声を博し、ドイツのクラフト゠エービングの『性の精神病理学』は各国の精神医学者に参照され、イタリアの犯罪人類学者チェーザレ・ロンブローゾの一連の著作は、きびしい反駁もうけたが、犯罪という社会現象をめぐる考察を推進するのに貢献した。

当初は同性愛、サディズム、マゾヒズムほど脚光を浴びなかったものの、その後二十世紀になってフロイトの精神分析学をつうじて、人間のセクシュアリティーの一面として大きな注目を集めるようになったのがフェティシズムである。実際フロイトの『性理論三篇』や、「フェティシズム」と題された短い論考は、それに対する反論や異議申し立てが提出されてきたものの、現代に至るまで性愛の領域におけるフェティシズム論の出発点になっている。それを引き継ぎながら現代では身体論、ファッション論、メディア論、表象論などの分野で、身体を欲望される対象としてだけでなく、誘惑し、侵犯する主体として捉えようとする新たなフェティシズム論が展開されている。(1)

しかし、性的な意味でのフェティシズムはフロイトが発見したものではない。一八八〇年代、ひとりのフランス人学者が、宗教的な含意のあったこの語を用いて、逸脱した性現象を特徴づけようとした。その名はアルフレッド・ビネ。フロイトも自著のなかで、先駆者としてその業績に言及することを忘れなかった。現代では、ビネは「知能テスト」を発明した者として歴史に名を残しているが、もともとは心理学者としてヒステリーや催眠術の問題に関心をいだいていた。

本章では、身体と性の逸脱としてのフェティシズムがどのようにしてひとつの病理、さらには倒錯として構築されていったかを、十九世紀末から二十世紀初頭に活躍したフランスの精神医学者たちの著作を繙《ひもと》くことで跡づけみよう。そして彼らによって病理として規定される以前に、あるいはそれと並行して、フェティシズムが十八、十九世紀の文学作品であざやかに語られていたことを示そう。

宗教から性科学へ

フェティッシュ fétiche はポルトガル語のフェイティソ feitiço に由来し、フェイティソは呪い、魔術を意味する。このフェティッシュから派生させてフェティシズムという語を創り、そこに呪物崇拝という意味を込めたのは、十八世紀フランスの学者・司法官シャルル・ド・ブロス(一七〇九―七七)である。ブロスは西アフリカ地域に旅した航海士や商人の報告書と旅行記などに依拠しながら、一七六〇年に

『フェティッシュ諸神の崇拝』を発表し、そのなかでフェティッシュを次のように定義した。

異教神学のこの二つの要素〔教義的信条と慣習的儀礼〕は、サベイズムの名で知られている星辰崇拝を軸とするか、あるいはおそらくこれも同じくらい古いだろうが、アフリカの黒人のあいだで存続している、「フェティシュ」と称される物質的な地上の特定の対象への崇拝を軸にして行なわれている。そこで、この崇拝を私はフェティシズムと呼ぶことにする。私がこの表現を頻繁に用いることをお許し願いたい。また、この表現はその本来の意味ではアフリカ黒人の信仰と特に関わりがあるのだが、動物ないしは神格化された無生物を崇拝対象としている、その他のどの民族について語る場合にも、私は同じようにこの表現を用いることをあらかじめお断りしておく。[2]（杉本隆司訳、ただし一部改変）

このようにブロスはフェティシズムを宗教的、民族学的な意味で使用した。未開部族の宗教と神話について考察し、フェティシズムをひとつの特殊な宗教形態として記述したのだった。その後ヒューム、ディドロ、カント、十九世紀に入ればヘーゲル、コントなどが哲学的な含意でこの語を使用し、さらにマルクスが『資本論』において「商品のフェティシズム」という表現を用いて、経済学の分野に適用した。[3]

フェティシズムが性の逸脱の一形態として定義され、さまざまな行為を説明する概念として使われるようになったのは、一八八〇年代のことである。前章で論じた同性愛、サディズム、マゾヒズムに比べて言葉としての存在はかなり先行するが、性科学者たちが、従来からあったこのフェティシズムという語によって特異な性行動を指し示すことになったのは、同じ時期ということになる。性の領域におけるフェティシズムは、欲望が本来向けられるべき対象（男ないしは女）ではなく、その対象の一部である特定の身体部位（手足、髪など）や、対象が触れたり身につけたりする物（衣類、装身具など）に向けられる現象を指す。現代日本では俗に「フェチ」と呼ばれることもある。

この意味ではじめてフェティシズム現象を指摘したのは、前章でも言及したマニャンで、シャルコーとの共著論文「性感覚の転倒および性倒錯」（一八八三）、そして『異常、錯乱、性倒錯』（一八八五）のなかで、具体例をあげている。ただし、彼はフェティシズム fétichisme という語は使っていない。後者の著作でマニャンは同性愛を論じた後で、新たな性倒錯としてフェティシズムについて記述しているのである。

患者にとっては熱愛する恋人同然になった白いエプロン、ブランシュ氏が観察したような女性の短靴の底についている鋲、あるいは老女の皺だらけの顔をおおっているナイトキャップ――性本能はそうしたものに向けられることがある。[4]

ブランシュ氏とは、おそらくエミール・ブランシュ（一八二〇―九三）のことだろう。父親ともども高名な精神科医で、パリ十六区に診療所を構え、作家ネルヴァルやモーパッサンを患者として治療したことがある。彼もまた、性倒錯現象に着目していた。[5] さてマニャンは実際に臨床した患者として、中年男性の事例をあげている。その男は子供の頃から、女性、とりわけ老いた女性が被るナイトキャップを目にすると性的興奮を覚えたという。自分の性癖を自覚しつつも三十二歳で結婚したが、初夜には性交を完遂できなかった。その後は、ナイトキャップを被った女性の姿を思い浮かべなければ、妻と交わることができなくなり、妻を汚しているという罪の意識に苦しめられていた。[6] マニャンからすればこれは病理現象であり、治療を必要とする倒錯であった。

マニャンが個別のケースを簡潔に報告するに留まったのに対し、ビネは性的な意味でフェティシズムという語をはじめて明瞭に使用し、それをセクシュアリティーの逸脱として分析した。それまでの彼は法律、自然科学そして医学などいくつかの領域を学び、シャルコーがいたサルペトリエール病院の臨床講義を聴講して、心理学の研究に進んだ。ビネの先駆的なフェティシズム論が収められている『実験心理学研究』(一八八八)は、彼の初期の代表作である。

その後フェティシズムを論じる者は、皆このビネの著作に依拠した。実際クラフト゠エービングも、フロイトも、そして浩瀚な『性の心理』(一八九七―一九二八)の著者であるイギリスの性科学者ハヴロック・エリスも、多少の留保をつけながら、フェティシズム研究の先駆者としてビネに敬意を表し、彼の研究を参照したのだった。クラフト゠エービングはマゾヒズム、とりわけ女の足や靴で踏みつけられたいという欲求を、フェティシズムと関連づけた。[7] フロイトは『性理論三篇』のなかで、特異で興味深い病理的事例としてフェティシズムに注目し、正常な性目標(男ないし女)を放棄し、その代理として身体の特定の部位や、性対象となる人に関係する無機物(ハンカチや下着)に執着する傾向と規定した。[8]

ビネによるフェティシズムの分類

ではビネはいったい何を語っているのか。その主張は『実験心理学研究』に収められた「愛におけるフェティシズム」と題された興味深い論考で展開されている。

恋愛において人々はみな多少ともフェティシストである、とビネは述べる。愛や欲望の対象はつねに過大評価されやすいし、その対象が不在のときは、その対象の代わりになる物がたいせつにされるというのは、一般の恋愛行動にも見られるからだ。「君の髪、きれいだね」、「あなたの目、とっても素敵よ」という愛のささやきも、広く言えばフェティシズムの言説であろう。それが不安を誘発するのは、フェティシズムが異常な行動や、犯罪的な行為や、病的な嗜好となって現われる場合である。そこでビネは「重大なフェティシズム」と「軽微なフェティシズム」を区別し、前者だけを問題視する。後者は正常で一般的な現象であり、議論の対象にする必要がない。

恋愛や性行動におけるフェティシズムはそれまでも観察されていたが、個別的な観察に留まっていた。そこでビネはそうした観察を体系的に分類し、フェティシズムを愛の心理学における一現象と定義し、そのメカニズムを探ろうと努めた。その結果、身体の部位、無機的な物体、心理的傾向という三つのカテゴリーを識別したのである。

身体の部位に向けられる愛のフェティシズムは、もっとも一般的な現象にほかならない。ビネが事例としてあげているのは特定の目、手、髪、匂い、そして声によって欲望を刺激される者たちだ。しかし、その後の性科学者たちが典型的なフェティッシュとして指摘することになる足は、無視されている。青い目の女にしか関心を抱かない男がいれば、年齢や容貌に関係なく手の美しさにしか欲望を覚えない男がいたりする。女の髪にたいする執着が度を越して昂じると、男は人混みや街路で通りすがりに毛髪を鋏で切り取ったりもする。いずれにしても、フェティシズムは男が女に向ける倒錯的な欲望を示し、逆の例はほとんど言及されていない。同性愛やサディズムやマゾヒズムと比較して、このようにジェンダー的な偏向を示すのがフェティシズムの特徴と言えるだろう。

匂いと性愛の繫がりはすでに旧くから指摘されていたが、ビネはとりわけフェティシズムを媒介しやすい要素として強調している。

ある種の男性たちにとって、女性のいちばん重要なところは、美しさや精神や善良さや性格の気高さではなく、匂いである。好みの匂いを求めるせいで、彼らは老いて醜く、堕落し、頽廃した女性を追いかけるようになる。そこまでいくと、匂いへの執着は愛の病理にほかならない。(9)

第二のカテゴリーについて言えば、それが愛する女が身につけていた物である場合は、女の代替物としての価値をおびるので、正常な恋愛行動に属すると見なされるが、愛する対象とはまったく無関係に、特定の物そのものにたいする執着が肥大すれば病理的な現象とされる。ある種の衣服、ハンカチ、ブレスレット、ナイトキャップ、長靴、エプロンなどがその典型である。興味深いのは、ビネが同性愛をこのカテゴリーと結びつけていることで、本来は欲望が向けられない対象に、何らかの「偶発事」によって欲望が向けられるようになった症例として扱われている。物にたいするフェティシズムであれ同性愛であれ、病理的な性行動として規定されているのである。

第三は心理的特質にたいする崇拝の念と呼ばれるもので、ビネ自身はその語を使用していないが、要するにマゾヒズムを指している。事例として言及されているのは、すでにマゾヒズムの項で触れたルソーの『告白』で語られている挿話である。「苦痛の愉悦」を感じ、愛する女によって引き起こされる身体的、精神的苦痛をいとおしむ態度が、フェティシズムの第三のかたちとして取り上げられているのだ。

ビネが性愛のフェティシズムの原因として考えたのは、遺伝や、本人が自覚しない子供時代の体験や、何らかの習慣がもたらした一定の感覚と観念の結びつきなどである。しかし結局のところ、その決定的な起源については不明な点が多いと認めている。いずれにせよ、性愛の現象としてフェティシズムを明確に位置づけ、はじめて体系的な分類を試みたのはビネの功績である。

性科学から法医学へ

フェティシズムに注目したのは性科学者だけではない。ビネが述べたように、軽微なフェティシズム傾向なら恋する人間には誰にでも多少は見られることで、とりわけ問題にする必要はない。しかしそれが度を越して病的なものになり、ときには法に抵触する行為の領域に達すると、単なる個人の嗜好として片づけることはできない。それが公的空間で発生する場合には、歴然たる犯罪行為にもなる。こうしてフェティシズムは、警察関係の人間や法医学者の関心をも引きつける現象になったのだった。

かつてパリ警視庁の治安局長を務めたギュスターヴ・マセ（一八三五—一九〇四）が、ビネの著作より一年前の一八八七年に『ひどい世界』という本を刊行し、在職中に彼が担当した事件や、遭遇した出来事を豊富な細部をまじえて語ってみせた。「パリの警察」という総題のもとにまとめられた六巻シリーズの第三作であり、ビネも『実験心理学研究』のなかでこの著作に言及している[10]。

警察組織の一員として犯罪捜査に当たった者が、退職後に回想録を出すというのは十九世紀初頭のヴィドック以来しばしばあったことで、とりわけ一八八〇年から一九一四年にかけての時期はその黄金時代だった[11]。警視総監や治安局長のように責任ある地位に就いていた者ほど、内密の情報をふんだんに所有していたから、彼らの回想録は読者の興味をそそったのである。この時期は大衆新聞や大衆文学の隆盛期でもあり、新聞で報道される事件のニュースや、大衆小説が流布させた犯罪とその謎を解決するという形式の物語が、警察関係者の回想録をひとつのジャンルとして確立させることに貢献したとも言える。

『ひどい世界』の第十章で、マセは買い物客で賑わうデパートを舞台にするさまざまな違法行為について詳述している。大量の商品を展示し、売買するデパートは巨大な商品ディスプレイ空間であり、十九世紀の産業革命と消費社会が生みだしたものだが、おそらく現代でもそうであるように、そこには常習的な万引きや掏摸《すり》が紛れ込んでいた。そして多数の顧客が形づくる群衆の匿名性を利用して、女性のからだに触ったり、女性の香りを嗅いで快楽を味わったりする男たちがいたという。デパートの顧客というのは、まさに近代の消費社会が生みだした新たな群衆のかたちにほかならず、それが女性の身体を対象とするフェティシズムを刺激したのである。匂いのフェティシズムに惑溺する男の姿は次のように描かれている。

女性たちが数多く集まることで生じるこの波のような動きのなかで、男は幸福を感じる。彼の感覚を刺激する発散物や匂いがそこから出てくるからだ。それは常軌を逸した者、激情に駆られた異常者であり、女性が発する自然な香り、あるいは人工的な香りに酔いしれる。魚が水中を泳ぐようにいとも容易に、そうした男はこの女性という要素のなかで生き、呼吸するのだ。[12]

とりわけマセが犯罪行為に至る危険性が高い逸脱として注目したのが、髪とハンカチへのフェティシズムであり、これはビネも注目していたことは先述したとおりである。たとえばフェティシストの男は、デパートの人混みに紛れて、すれ違う女性のうなじのほつれた髪に接吻する。そうした変質者は四十代に多く、経済的、社会的そして知的にもしかるべき地位に就いている者が多いという。他方ハンカチを盗む性癖の男は、それを自分の口に当てて香りを嗅ぎ、陶酔感に浸る。ここでは、女性の持ち物であるハンカチに触れることと、その香りを吸いこむこと、つまり触覚と嗅覚が重要なフェティシズムの構成要素になっていることが分かる。

では、被害に遭った女性たちはどのように反応したのだろうか？　大部分の女性たちは驚きと恥ずかしさのあまり、声もあげられずに顔を赤らめる。周囲の人々の視線を恐れ、醜聞を引き起こすことを望まないのだ。ところがなかにはごく少数ながら、身体の接触に快感を覚える者もいた、とマセはさりげなく記す。

無為と、モルヒネの濫用のせいで、激情に駆られた異常者の男と同じような精神状態に陥りやすい女がいるのである。そしてヒステリーのある種の様態が、奇妙な妄想をもたらすことがある(13)。女性の性的妄想がヒステリーによって説明されているのが、いかにも当時の精神風土に似つかわしい。この時代、女性の性倒錯や身体的逸脱はつねにヒステリーと結びつけられていたのである。

フェティシズムが違反や犯罪につながる危険があるというので、法医学者もこの現象の解明に乗り出した。ポール・ガルニエ著『フェティシストたち、性倒錯者と同性愛者』(一八九六)は、その代表的な例である。ガルニエは、マニャンとビネの先駆的な業績に敬意を表しながらも、彼らのように症例学的な記述に留まるのではなく、社会衛生という立場から強い危機感をもって問題を論じている。法医学者としての経験から、犯罪者のなかにフェティシストが多いということを知っていたからである。フェティシズムは犯罪につながる病理現象であり、「変質 dégénérescence」の症候と見なされている。

精神的な変質の症候群であるフェティシズムは、性本能の異常と定義できる。性本能が、女性の衣裳や男性の衣服、特定の服装、あるいは男女の身体の一部に恋愛感情を目覚めさせ、快楽をもたらす過度の力があると見なす時、それは異常とされる(14)。

ガルニエの特徴は、あらゆるフェティシズムを性の逸脱、あるいは倒錯と認識したことで、心理の領域ではなく明確に病理の領域に属する問題にしたことである。マニャンやビネに見られたような、正常なフェティシズムにたいする寛容な態度がそこにはなく、一八九〇年代に入ってフェティシズムに向けられる視線が厳格さを強めたと言ってよい。フェティシズムの病理化はこうして、決定的な流れとして定着した。

もうひとつ特筆すべき論点は、ガルニエがフェティシズムを異性愛と同性愛の二つのケースに大別したうえで論じている点であり、これはフェティシズムを男性の性現象と見なしていたからにほかならない。分類については、相手の女性や男性が身につける物や衣服、そして相手の身体の部分ごとに分類している点で、ビネの議論をほぼ踏襲しているが、分類の項目はより詳細である。現代ならば異性装やトランスジェンダーという言葉で呼ばれる現象まで分類されているのが、興味深い。実際、現代でも性的な意味でのフェティシズムは女性において皆無ではないが、圧倒的に男性に多く観察される現象であり、とりわけ下着泥棒のような犯罪に結びつくフェティシズムは男性の専有物である(15)。

世紀が改まって一九〇五年、精神医学者エミール・ローラン(クラフト＝エービングの著作の仏訳者のひとり)が『フェティシズムと色情狂』のなかで提示した基本認識も、フェティシズムは性倒錯であり、「精神的な変質の症候(16)」であるというものだった。具体的な物や身体の一部だけが性愛の対象になり、相手の人間性全体にたいする関心はまったく欠落している。欲望をそそる物や部位は、一般のひとから見れば嫌悪感を催すような場合も稀ではない。注目に値するのは、ローランが相手の性格や精神的な特徴(長所のこともあれば、欠点のこともある)もフェティシズムの対象になりうる、と主張している点である。観念的フェティシズムと呼んでもいいだろう。いずれにしても、フェティシズムの欲望はその起源がしばしば不明で、理性の統御に従わないのだ。

ローランは、サディズムやマゾヒズムとの関連性についても考察している。クラフト＝エービングはマゾヒズムをフェティシズムの一形態と規定したが、ローランは異なる見解を提出する。サディズムとマゾヒズムは欲望の過剰による倒錯であり、したがって暴力的な逸脱になりやすいが、他方、フェティシズムは基本的に欠如による倒錯であり、そこに観察されるのは暴力性ではなく、むしろ脆弱性だという。

性の快楽という観点からすれば、フェティシストというのは性的に興奮している者ではなく、むしろ恋愛については内気な人間であり、男女の結合に関心のない未熟者である。生殖という面では、フェティシストは過剰ではなく欠如によって罪を犯すことが多いのである。(17)

クラフト゠エービングとフロイト

以上少し長くなったが、一八八〇年代から一九〇〇年代初頭にかけて、フランスの精神医学と法医学の世界でフェティシズムがどのように規定され、議論されていたかを振り返ってみた。ビネはその先駆的な業績にもかかわらず、現代ではほとんど注目されない。フェティシズムと言えば、クラフト゠エービングやフロイトの議論ばかりが取り上げられるが、クラフト゠エービングとは同時代的に、そしてフロイトにはるかに先んじて、フランスの精神医学者たちはこの現象の秘密に分け入ったのだった。その功績は正当に認めてやるべきだろう。

フェティシズムの原因については見解が分かれていた。クラフト゠エービングやハヴロック・エリスは、先天的な倒錯である同性愛やサディズムと異なり、フェティシズムが後天的な病理であり、とくに性本能が未発達な子供時代や思春期に生じたなんらかの感覚によって固着したもの、と考えた。[18]

フロイトは一九〇五年の時点では、フェティシズムの原因が謎だとしていたが、その後『フェティシズム』（一九二七）のなかで、フェティシストが求めるのはあるべきはずの母親のペニスの代理物であり、フェティシズムとは去勢の強迫観念にたいする自己防衛である、とする解釈を提出した。[19] ビネはフロイトほど性的要因を重視しなかったが、幼年期の性をめぐる秘められた経験が大きな影響をもつことはうすうす洞察していた。

フェティシズムの分類に関して言うならば、クラフト＝エービングはビネの分類中の第三のカテゴリーを認めなかった。それはマゾヒズムとして、別扱いされたからである。その代わり、特定の物ではなく、毛皮、ビロード、絹など一定の素材によって強い性的快感を得る男たちが存在することを認めている。[20] その場合、愛する女がそうした物を身にまとう必要はなく、素材の感触自体が快楽をもたらす。ハヴロック・エリスはフェティシズムを倒錯とする見方には与せず、むしろ「性愛の象徴化」という視点からこの性愛現象を捉えた。[21] ただし、分類のしかたはビネを踏襲している。十九世紀末から二十世紀初頭の性科学において、フェティシズムをめぐる認識はこのように、ビネの仕事に大きく規定されていたのである。

『ムッシュー・ニコラ』――足のフェティシズム

フェティシズムを論じた性科学者や精神医学者は、著作のなかでしばしば文学作品を引用している。病的な症状を呈して診察を受けたり、犯罪者になって司法当局の取り調べを受けたりするのでないかぎり、フェティシストの思考と行動はいくら病的とはいっても、臨床的な記録として公になることはない。その欠落を補ったのが、過去や同時代の文学作品だったのである。実際ビネは十八世紀のルソーや、同時代のバルベー・ドールヴィイ、アドルフ・ブロに言及しているし、エミール・ローランは同時代のベルギー人作家ローデンバックと、フランス・ロマン主義作家シャトーブリアンの『墓の彼方の回想』から興味深い一節を引用している。(22) 作家の体験記録や想像力の産物が、科学者たちに啓示的な事例を提供したのである。

以下では、性科学の議論を踏まえつつ、文化史の立場から文学に表現されたフェティシズムの表象を分析してみよう。

愛のフェティシズム、あるいはフェティシズムの次元をおびた愛の様態は近代文学においてしばしば語られてきた。多くの性科学者がもっとも広く観察されると指摘したのは、足や靴のフェティシズムである。近代西洋社会では女、とりわけ上流階級の女は足を見せないのが慎み深いこととされ、隠されているからこそ、多くの男にとって女の足は魅惑的な部位であり、足を覆う靴は性のシンボルになりえた。わが国では、谷崎潤一郎が女の足へのフェティシズムを表現した作家として特筆されるところだろう。

足と靴のフェティシズムをはじめて意識的に詳述したのは、十八世紀の作家レチフ・ド・ラ・ブルトンヌ（一七三四―一八〇六）であろう。その自伝的著作『ムッシュー・ニコラ』（一七九四―九七）では、主人公＝語り手の愛と性の遍歴が刺激的で、ときには煽情的な細部とともに語られる。語り手はすでに十歳頃から娘たちの美しい足や、靴下や、靴に並々ならぬ欲情を覚えたことを告白している。性的に早熟な彼は、みずからの欲望が過度なまでに特定の対象にだけ向かうことはいくらか異常だ、ということは十分自覚していた。

美しい足にたいする私の嗜好があまりに強かったので、相手が醜い娘でも誰彼の区別なくかならず欲望がそそられたものだった。この嗜好の原因は肉体的なものだろうか、それとも精神的なものだろうか。いずれにしても、それを感じる人間にとってこの嗜好は極端である。その基盤は何だろうか。歩くときの軽やかさとの関係だろうか、ダンスの優雅さや快楽との関係だろうか。靴にたいする私の不自然なまでの嗜好は、美しい足にたいする嗜好の反映にほかならない。〔中略〕

ひとの家に入って、よくあるように祝宴用の靴がこれ見よがしに並んでいるのを目にすると、私は思わず快感にうち震えたものだ。そしてまるで娘たちの前にいるときのように真っ赤になって、目を伏せてしまうのだった。そうした激しい嗜好と、十歳の子供には理解できないような官能的な考えを抱きながらも、若い娘たちに生来そなわっている羞恥心によく似たある種の無意識的な羞恥心のせいで、私は娘たちを避けていた。(23)

女の足や靴にたいするニコラの過度の執着は鎮静するどころか、年齢とともに昂進する。十五歳でマルグリットという名の四十代の女と恋に落ちるが、そのとき彼を惹きつけたのは女の脚と、足と、靴である。そもそもマルグリットは美しく、清潔な身だしなみをしていたというだけで、身体的な特徴は描写されていない。その代わり、彼女の足や靴は細部にわたって喚起される。彼女が上品な綿の靴下をつけて踵の高い木靴や、黒いモロッコ革のサンダルを履くと、ニコラの目は女の足に釘付けになってしまう[24]。フェティシズムが高まるあまり、ニコラはある日、マルグリットの部屋に忍び入ってサンダルを盗んでしまう。こうしてフェティシズム的欲望が、少年を不道徳な行為へと至らしめる。欲望の対象にじかに接近できない少年は、その対象の代理品で満足するしかないのだ。

脚部は静止している身体部位ではない。歩行のため、遊戯のため、ダンスのため、あるいは何らかの作業のため、足と脚はしばしば動き、舞い、踊る。そうした運動する足もまた少年の心をときめかす。動く足／脚と、それを包み込む靴は、固定された足／脚以上にエロティシズムを漂わせ、少年の情欲を煽った。フランソワ・トリュフォーの映画『恋愛日記』（一九七七）に、ハイヒールとスカート姿で通りを行く女たちを主人公の男が欲望のまなざしで見つめながら、「歩いている女の姿ほど美しいものはない」とつぶやく場面があったことが想起される。その男ベルトランもまた、徹底した脚フェティシストだった。

『ムッシュー・ニコラ』では、ある日マルグリットが脚を組んで、サラダ菜の傷んだ部分を取り除く。「こうして彼女は脚をふくらはぎの高さまで露わにし、綺麗なサンダルは爪先に引っかかっているだけだった。私の空想は燃え立ち、官能に火がついたので、その場にじっとしていることができなかった[25]」。

その後十八歳で、フランス中部オセールの印刷業者パランゴン氏の家に徒弟として住み込むと、ニコラはその妻コレットに激しい情熱を感じる。その情熱に気づいた人妻が、青年を巧みに誘惑したのかもしれないが、二人の身体的接触がはじめて生じるに際して、やはり女の足が関与するのだ。コレットは糸の入った箱を戸棚に収納するため椅子の上に乗り、ニコラに助けを求める。一段高いところに、後ろ向きに身を構えたコレットの脚部が少年の眼前に露出する。

らんらんと燃える私の目は彼女のほっそりした脚と、白い綾織の短靴に引き寄せられた。短靴の踵は細く、高く、私がこれまで目にした最も可愛らしい足をいっそう繊細に見せていた。糸の箱を戸棚にしまうたびにコレットは私に背を向け、片方の脚を後ろに上げたので、彼女の足が私に触れた。まるで火のついた導火線のようで、私のあらゆる官能が乱れてしまったのである。(26)

ニコラは性的に早熟で、あまりに奔放な官能性に恵まれた青年であり、同時に、その美貌ゆえに少女や娘、さらには中年の女たちからも愛され、誘惑される。足と靴にたいする常軌を逸した嗜好は子供時代に芽生えて以降弱まることはなく、彼の性的遍歴を彩る。普段は隠蔽されていて仄見えるだけの足は、まさしくそれゆえ束の間の露呈が男の欲望を強烈に刺激する。娘であれ、四十女であれ、あるいは二十代の人妻であれ、女の足と靴は若いニコラに悦楽を、しばしば禁じられた悦楽を告げてくれるのである。

オクターヴ・ミルボー『ある小間使いの日記』

十九世紀では、フロベールが靴フェティシズムの性向を示す。愛人ルイーズ・コレと会えない時は、逢い引きの際に彼女が履いていたスリッパを自分のテーブルの上に置き、それをやさしく撫でながらかすかな香りを嗅いでいた。彼の小説『感情教育』(一八六九)のラストシーンでは、かつて愛し、十六年ぶりに再会したアルヌー夫人に向かって、主人公フレデリックが「あなたの足を見ると胸がときめく」とささやく。しかしこのフェティシズムは正常な範囲に収まっている。

他方、オクターヴ・ミルボー（一八四八―一九一七）の代表作『ある小間使いの日記』（一九〇〇）では、かなり淫靡な靴フェティシズムが描かれている。これは女主人公セレスティーヌがフランス各地の屋敷に女中として雇われて働くという物語で、彼女がそれぞれの土地でする経験をつうじて、ベル・エポック期のブルジョワ社会の偽善と頽廃を容赦なく抉りだした作品である。その第一章で、セレスティーヌはフランス中部トゥレーヌ地方の田舎にある大きな邸宅に赴く。屋敷内が申し分ないほど清潔で、きれいに整頓されているのを見て彼女は驚き、同時にいくらか不安に駆られる。このような邸宅に住んでいる老人は病的なまでに律儀で、死ぬほど退屈な男にちがいない……。

彼女の前に姿を表わした主人ラブールは、思いがけない奇妙な問いを発する。お前はハーフブーツを持っているか、しかもニスをよく塗った黄色い革のハーフブーツを持っているか、と。そう訊きながら、ラブールは「雌猫のように細い舌を唇のうえで小さく動かし」、その目には「妖しい光と、痙攣のような赤い陰りが走る」のだった。そしてセレスティーヌにハーフブーツを履かせると、彼女の前に跪いてハーフブーツに接吻し、熱に浮かされたように指で撫でまわし、捏ねまわした末に、磨いてやりたいからすぐに渡してくれと懇願する。

女のほうは何かしら不気味なものを感じつつ、主人の要求に従う。ラブールにとって、新しい靴は欲情をそそるものではなく、女が履いて匂いが染みついているからこそ欲望の対象になるのだ。四日後、ラブールはほとんど裸の状態で、顔を紫に変色させて死んでいる姿を発見される。

その顔にもましてぞっとするような光景が目に入って、私を恐怖で打ちのめした。ご主人は歯のあいだに、私のハーフブーツの片方を噛みしめていたのである。しかも、あまりに強く噛んでいたので、おそろしいほどの努力を払ったものの甲斐がなく、剃刀を使ってその革を切り、自分のハーフブーツを引きはがさなければならないほどだった。(27)

ラブールはハーフブーツを利用して、ひそかな性的戯れに耽っていたのだろう。彼にとって生身の女の身体は価値を持たず、足を包み込む靴だけが彼の欲情を刺激する。そして彼はみずからの倒錯を死に至るまで生き続けたのだ。

温室のエロス

ビネやガルニエが強調した匂いのフェティシズムは、十九世紀後半の作家たちにしばしば看取される。彼らは香りの微妙なニュアンスに敏感であり、詩や小説のなかで香りがもたらす陶酔を謳い、匂いがもたらすときめきを語って倦むことがなかった。多くの場合、男が女の部屋の匂いや、女の身体から発する繊細な、あるいは挑発的な香りに魅せられる。

濃密な香りのフェティシズムは、禁断の恋や逸脱した欲望と結びつくことで開花する。たとえばゾラの小説『獲物の分け前』(一八七二)では、邸宅の庭に設けられた広い温室が、女主人公ルネと義理の息子マクシムの近親相姦的な愛欲が展開する舞台になる。二人の欲望をいやがうえにも高めるのは、温室にただよう熱帯樹のむせかえるような匂いであり、ルネの肌から立ちのぼる香りはそれによって増幅されて、いっそうマクシムを酔わせる。植物の香りと女体の匂いが混じり合い、濃密なエロティシズムの空間を演出するのである。

この閉じた回廊には大きな愛と、悦楽への欲求がただよい、熱帯植物の燃えるような樹液がたぎっていた。ルネは、彼女の周囲で濃い緑の葉むらや巨大な茎をうみだす大地の力強い婚姻にとらえられた。火の海のごとく熱い褥、樹木の開花、植物の山、そういったものがすべて、それを養う胎内から燃えたち、ルネにむかって陶酔感をともなう悩ましげな香りを発している。足下の水盤では、浮草の根から出る液のせいで澱んだなまぬるい水が煙って、彼女の肩ごしに重くるしい水蒸気をマントのように投げかけ、湯気が立ちのぼっては、悦楽に湿った手でなでるように彼女の肌を熱くするのだった。頭上には、ヤシの若芽と芳香をはなつ高い葉むらが感じられた。しかし、息苦しいばかりの熱い大気、強い光、葉のあいだで笑ったりゆがんだりする顔にも似た大きく鮮やかな花、そういったものにも増してとりわけルネをしびれさせたのは、匂いであった。ひとの汗や、女の吐く息や、髪の香りなど無数のにおいからなる強烈で、刺激的で、形容しがたい匂いがそこには漂っ

ゾラ『獲物の分け前』で語られているように、温室は熱帯植物によって香りのフェティシズムを誘発し、濃密なエロティシズムへと導く。

ていたのである。(28)

温室の熱い空気、水蒸気、さまざまな植物の香り、人体の匂いなどが入り混じって、ヒロインの官能を燃え上がらせ、その肌を熱くする。息苦しいばかりの香りと発散物が、満たされない女の本能をつき動かし、やがて彼女は義理の息子マクシムとの禁じられた愛に身をゆだねていく。植物の香り、そして身体の匂いが二人の男女を罪深い快楽へといざなう。匂いのフェティシズムが、温室をエロスの密室に変貌させるのである。同じくゾラの『ナナ』では、高級娼婦ナナの住む部屋が絶えず濃厚な動物性の香りで満たされている。香りはナナの身体の隠喩であり、男たちのフェティシズム的な欲望をそそる。

髪の誘惑

ボードレールは香りや匂いの魅惑を飽くことなく詩句に定着させた、典型的な詩人と言えるだろう。『悪の華』(一八五七)の作家において、女の身体はしばしば香りによって同定され、匂いによって想起される。閨房に漂う香りは官能を凝縮し、ときには異国趣味の魅惑と結びついて未知の快楽を予兆させるかのようである。とりわけ女の髪から発する匂いは、強烈なフェティシズムの対象になる。文字どおり「香り」と題された詩の一節を引用しておこう。

弾力をもって重い彼女の髪は、
生きた匂袋、臥所《ふしど》の香炉、

そこからは野性的で獣めいた匂が立ち昇り、
清らかなその若さがすっかり滲みこんだ
モスリンもしくはビロードの、着衣からは、
毛皮の香りが漂い出ていた。[29]（阿倍良雄訳）

ビネをはじめとする性科学者たちが指摘したように、髪は男の倒錯的なフェティシズムをうながす典型的な対象のひとつである。そして毛皮の香りに魅了されるさまは、『毛皮を着たヴィーナス』のゼヴェリーンを想起させる。野生的で動物的な匂いを発散する女の身体を前にして陶酔する詩人——そこにフェティシズムとマゾヒズムの結合を見てとることは困難ではない。

同じく女の毛髪がフェティシズムの対象になることを、モーパッサンが『髪』（一八八四）と題された短編で語っている。作品は精神科の病室に幽閉されている「不吉な性の狂気[30]」にとらわれている男の手記として提示される。

気ままな生活を送ってきた男は骨董品が好きで、ある日パリの店で、十八世紀に作られた精巧な細工を施された戸棚を見つけて、すぐに買い求める。数日後、その戸棚に秘密の引き出しが嵌めこまれているのに気づき、苦労して開けてみると、そこから女の長い毛髪の束が出てきた。美しい金髪で、いまだにかぐわしい香りが残っていた。誰が、いつ、どのような状況で髪を切り、引き出しに収めたのだろうか？　誰のために、なぜそうしたのだろうか？　男の脳裏には無数の疑問が湧きおこるが、もちろん解

決の糸口はまったくない。しかしその神秘性が髪の魅力をいっそう強め、やがて男は絶えず髪を手にとり、撫でまわし、香りを嗅ぎ、唇で触れずにいられなくなる。

私はこの髪を手にして、ひとり家に閉じこもった。そしてそれを自分の肌で感じ、髪のなかに唇を押しつけ、接吻し、噛んでみた。髪を自分の顔に巻きつけ、吸いこみ、黄金の波にじっと目をやり、髪をとおして明るい日光を見ようとした。〔中略〕その髪を接吻で温めてあげると、私は幸福のあまり気絶しそうになるのだった。そしてそれをベッドに持ちこみ、その上に横になって唇に押し当てた。まるで恋人と愛を交わすかのように。(31)

病的な状態になった男のようすに周囲の者たちが気づき、男は病院に収容されたのだった。誰のものか分からない髪、身体性を欠落させた物、人格から切り離された物体である髪への常軌を逸した愛——まさにフェティシズム的な愛の極致であろう。髪の持ち主だった女はとうの昔に死んでいるのだから、一種の屍体愛《ネクロフィリア》の様相も呈している。そのフェティシズムは性の倒錯、欲望の逸脱であるばかりでなく、男を回復しえない狂気へと導いたのである。

十八世紀に宗教的な含意で使用されるようになったフェティシズムの概念は、十九世紀末に性的嗜好を指し示す言葉として市民権を得る。それが罪のない戯れとして表出するかぎりは問題視されることはないが、心理学者と性科学者は極端なフェティシズムを性倒錯の一形態と見なし、法医学者と警察関係者は犯罪行為への引き金になると危惧した。その認識がフェティシズムをひとつの逸脱、あるいは病理として構成することにつながったのである。文学の世界では、すでに十八世紀のルソーやレチフが、そして十九世紀には少なからぬ詩人と小説家が、靴や香りのフェティシズムを形象化していた。無邪気さと淫靡さ、正常と倒錯が微妙に交錯している世界——それがフェティシズムである。

第七章　変質論の系譜

二十一世紀の現在と異なり、同性愛、サディズム、マゾヒズム、そしてフェティシズムは、十九世紀末の性科学者や精神医学者によって性倒錯あるいは性の逸脱と認識され、そのかぎりで治療が必要な病理でもあった。そしてそれがときに犯罪を誘発する危険があったという意味で、法医学者からすれば社会秩序にとって不安の種だった。

ところでこうした性の逸脱への関心は、より広い精神的風土のなかに据えてみるべきであろう。セクシュアリティーは個人に限られた問題ではなく、それを社会や時代がどのように考えるかという集合表象の次元に属する事柄でもあるからだ。そのとき重要な説明原理になるのが、「変質 dégénérescence」という概念にほかならない。マニャン、ビネ、ガルニエ、ローラン、そしてクラフト＝エービングは例外なく、性倒錯を変質の危機と結びつけて論じたからである。

性愛のテーマだけではない。感応遺伝という今日では信憑性を疑われている理論も、女性たちが自由と解放を求めて展開した活動も、それが影響した独身と結婚の問題も、ときにはこの変質理論が瀰漫《びまん》させた不安のなかで論じられた。個人や、家族制度や、社会の危機がどのようなもので、どのように対処すべきなのか。その議論の輪郭を明瞭にするために、変質は重要な参照の枠組みになっていたのである。本書でもこれまで何度か出てきた言葉だが、最後にその射程をあらためて考察してみよう。

時代の強迫観念

変質（退化と訳されることもある）とは、遺伝や環境のせいで人間がその両親や祖先に比べて肉体的、精神的、道徳的に劣化しつつあるという医学概念である。当初は個人の病理とされていたが、やがて社会階層、民族、国民など集団的な次元にまで拡大解釈された。より具体的には、神経症、ヒステリー、痴呆などの精神疾患や、結核、梅毒、アルコール中毒などの病気が蔓延し、社会や国民にとって重大な脅威になっているという思想であり、十九世紀後半に全ヨーロッパ的に流布した。そうした病理の深刻化と、殺人、窃盗、自殺などの犯罪が増えていることのあいだに密接な相関性があると考えられたのだった。変質論においては、狂気と犯罪、個人の病理と社会の脅威がほとんど問題視されることなく因果論的に結びつけられていた。そしてそのような病理と脅威を未然に防ぐために、優生学思想が練りあげられることにもなった。[1] これまで論じてきた性倒錯も、変質を示唆する意味深いしるしと見なされたのである。

変質という概念を広く流布させ、医学界のみならず、司法、文学、芸術の領域にまで大きな影響をあたえた一冊の書物が存在する。フランスの精神医学者ベネディクト・オーギュスト・モレルの『人類における身体的、知的および精神的変質』（一八五七）で、この現象をはじめて体系的に分析し、それによって精神疾患のみならず身体の疲弊や、社会の頽廃まで読み解こうとした(2)。モレルにとって、変質は精神、道徳、身体、社会などあらゆる領域に波及する。しかも個別的なケースに留まるのではなく、遺伝によって世代を超えて拡散していくとされた。精神と身体の負の遺産が、個人だけでなく家系や、集団や、さらには一民族の運命までも危険に晒しかねないとモレルは警告したのだった。十九世紀末、身体はその病理と遺伝性を強調され、社会不安を誘発する媒体だったのである。そして逸脱は個人の次元を越えて、社会全体の悲劇につうじると考えられた。

モレルはおもに個人の病理として変質を語ったが、社会の病理である犯罪については、イタリアのロンブローゾやフランスのシャルル・フェレら犯罪人類学者がそれを解釈し、状況を改善するために変質の概念を援用するのをためらわなかった。犯罪が増え、凶悪化し、さらにはアナーキズムテロのような政治事件が頻発した十九世紀末、変質論はそうした社会問題を説明するためにも持ち出されたということだ。

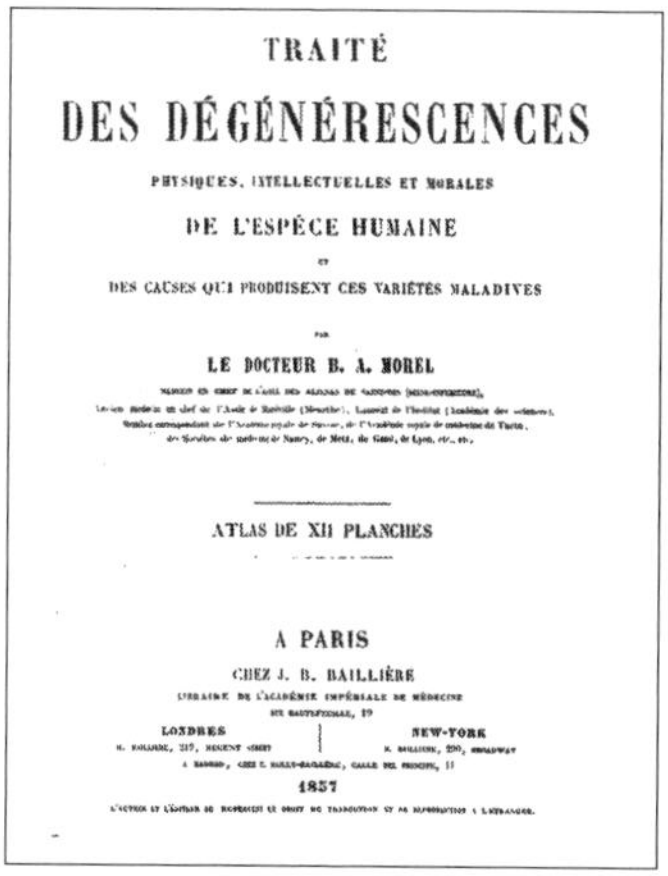
TRAITÉ
DES DÉGÉNÉRESCENCES
PHYSIQUES, INTELLECTUELLES ET MORALES
DE L'ESPÈCE HUMAINE
ET
DES CAUSES QUI PRODUISENT CES VARIÉTÉS MALADIVES
PAR
LE DOCTEUR B. A. MOREL

ATLAS DE XII PLANCHES

A PARIS
CHEZ J. B. BAILLIÈRE
LIBRAIRE DE L'ACADÉMIE IMPÉRIALE DE MÉDECINE
LONDRES | NEW-YORK
1857

モレル『人類における身体的、知的および精神的変質』のタイトルページ

実際、ロンブローゾは『犯罪者論』（一八七六、仏訳は一八八七）において、犯罪者は遺伝的要素によって生まれつきそうなるよう宿命づけられているのだ、とする「生来性犯罪者理論」を唱え、その遺伝的要素は顔や、頭蓋骨や、手など身体の表面にはっきりした徴候として現われると主張した(3)。とりわけ

顔は、犯罪への傾向を露呈する身体部位とされたが、それが十九世紀初頭にラーヴァターやガルの提出した観想学や骨相学、つまり容貌や頭蓋骨のかたちが人間の内面性のすべてを映しだす鏡である、とする疑似科学の焼き直しであることを想起しておく必要があるだろう。身体は病いが宿る場であるのみならず、道徳的な悪や、精神的な頽廃や、知的な衰退があきらかに刻み込まれる場、したがって内面を読み解くための外面と規定されたのだった。

このように変質論には、個人の病理を扱う面と、社会の病理を論じる面のふたつがあった。ミシェル・フーコーが指摘したように、十九世紀の精神医学には、医学的な知としてよりも、むしろ公衆衛生学の一分野として機能したという傾向を指摘できる。医学の分野である以前に、あるいはそれ以上に、精神医学は社会的保護の特殊な領域であり、社会を脅かすさまざまな危険を未然に防ぐための知的装置として制度化されたのだ(4)。

そのためには、逸脱や倒錯を病理と見なし、したがってそれを社会や共同体にたいする脅威の要因と見なす必要があった。精神医学のそうした側面は、十九世紀前半であればモノマニー、後半では変質論、そして二十世紀では統合失調症にもっともよく表われているとフーコーは考えた。変質論は精神病理学に属すると同時に、社会の衛生学でもあったということである。

変質論とは、社会の危険の一領域を分離し、概観し、切り取るひとつの方法、そして同時に社会の危険を病気や病理として確立する方法である(5)。

先駆者モレルの変質論にたいしては、定義が曖昧だとか、科学性が欠如しているといった批判は当初からなされていた。しかし当時の歴史状況と、社会的ダーウィニズムの影響が変質論の信憑性を高めるのに寄与した。一八七〇年の普仏戦争による敗北と、翌年のパリ・コミューンという血なまぐさい内乱によって甚大な被害をこうむったフランスは、そこから立ち直り、他のヨーロッパ諸国、とりわけプロシアに対抗するために、国力の増進を図っていた。そのために健全な身体と精神をそなえた国民が必要だったことは、言うまでもない。そうしたなかで身体や精神の病理が蔓延することは、フランス社会にとって大きな不安の種だった。変質はフランスを疲弊させ、衰退させる要因になりかねず、だからこそ早急に対処すべき病理、防ぐべき脅威だとされたのである(6)。

変質論の展開

モレルや、モロー・ド・トゥールの『歴史哲学との関連における病的心理学、あるいは神経症が知性の活動におよぼす影響』(一八五九)や、ロンブローゾの犯罪人類学を踏まえ、それを補おうとしたのがマニャン/ルグランの『変質者、その精神状態と付随的症候群』(一八九五)である。マニャン/ルグランは、法医学の見地から、犯罪者を変質者つまり遺伝的な病人と見なすロンブローゾの説に反駁する。それでは犯罪者の法的責任を問うことができないではないか、というのである(7)。

他方、変質と性倒錯のあいだには密接な繋がりがあると考えていた。彼らにとって、変質者とは基本的に精神的、道徳的、身体的な意味での「均衡を失った人間 déséquilibré」であり、セクシュアリティーの領域では色情狂、不能、幼児性愛、同性愛、マゾヒズム、サディズム、フェティシズムといった倒錯となって現出するとされる。Déséquilibré は現代の精神医学用語では一般に「精神不均衡者」と訳されるが(8)、マニャン／ルグランは変質論と絡めながら意味づけを行なったのである。

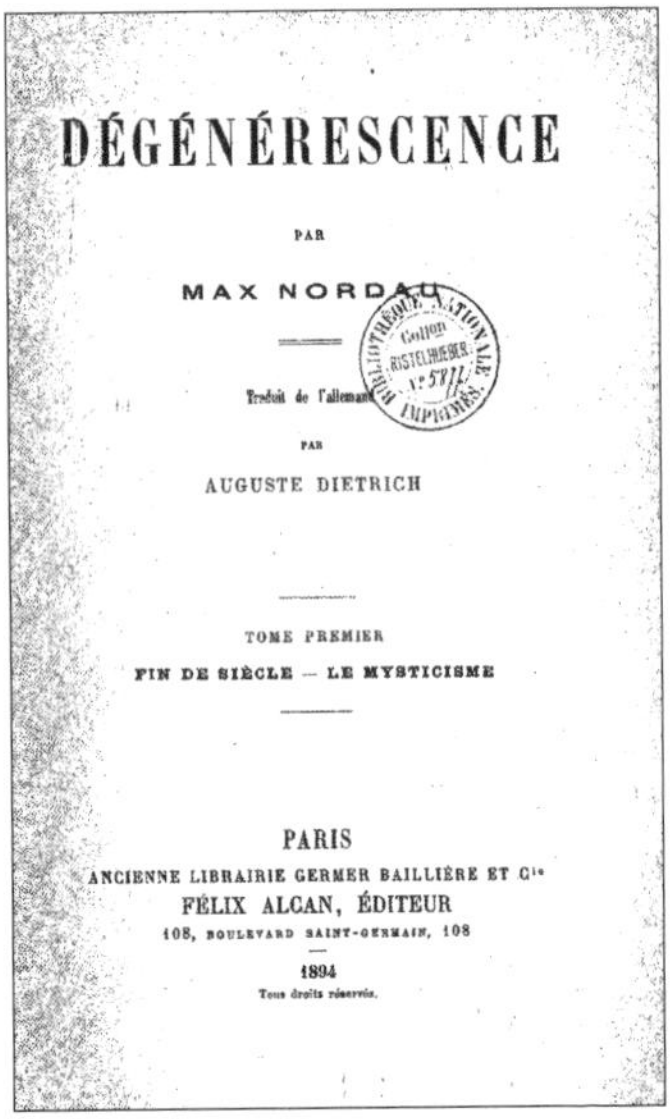
DÉGÉNÉRESCENCE

PAR

MAX NORDAU

Traduit de l'allemand

PAR

AUGUSTE DIETRICH

TOME PREMIER

FIN DE SIÈCLE — LE MYSTICISME

PARIS

ANCIENNE LIBRAIRIE GERMER BAILLIÈRE ET Cie

FÉLIX ALCAN, ÉDITEUR

108, BOULEVARD SAINT-GERMAIN, 108

1894

Tous droits réservés.

ノルダウ『変質論』仏語版のタイトルページ

こうした不均衡の痕跡は、あらゆる変質者になんらかの程度で見いだされる。それは彼らの精神状態の基盤である。要するに、さまざまな機能のあいだに調和がなく、普通なら協力して一定の対象に適応していくさまざまな中枢のあいだに相乗作用がない状態を指す。もはや相乗作用も、規則的な適応もない。あるいは、適応が不完全で、無効で、目的がない。神経網が完全に混乱している状態ということになる(9)。

文学や思想との関連で言えば、マックス・ノルダウ（一八四九―一九二三）の浩瀚な著作『変質論』（原著はドイツ語で一八九二、仏訳は翌年）を逸するわけにはいかない。ノルダウはハンガリー生まれの医師・哲学者だが、一八八〇年パリに居を構え、シャルコーのもとで学び、さらには文学に関心をいだいて小説や戯曲にも手を染めた（著作はドイツ語で執筆した）。『変質論』は、先述したような十九世紀末の精神風土を背景にして、論争的かつ挑発的に時代のアクチュアルな話題に切りこんでみせた代表作である。同時代の神秘思想、哲学（ショーペンハウアー、ニーチェ）、音楽（ワーグナー）、美術（ラファエロ前派、印象派）、文学（トルストイ、イプセン、象徴主義、自然主義）を総括した後で、それらがすべて知的世界における変質とヒステリーの表われにほかならず、時代の病的な症候群だと断言した。

現在私たちは、重大な知的疫病の真っ只中にある。変質とヒステリーという一種のペストの真っ只中にある。したがって、「これから何が起こるのだろう？」といたるところで問いかけの声が上がるのは、当然である。(10)

疫病やペストという語が、著者の基本認識を雄弁に語っている。ノルダウによれば、変質者である芸術家と作家が創作した作品は、必然的に病的で頽廃的な作品にほかならないし、それによって社会に害悪を蔓延させているということになる。変質という病毒に冒された芸術や文学は「社会の災厄」である。こうしてヒステリーと並んで、変質概念は文学と芸術に否定的な判断をくだすための論拠となる。今日から見れば、『変質論』には根拠のない偏見があふれているし、論証というより悪意にみちた独断と思われる部分も多いが、十九世紀最後の三十年間の知的風土の見取り図を全ヨーロッパ的な範囲で示した、という意味で記憶に値するだろう。

こうしてフェティシズムを含めた性倒錯、犯罪、精神疾患、さらには同時代の文学や芸術の諸潮流までが変質という概念で説明された。人間の精神活動も時代の精神も、逸脱の名において把握され、判断された時代だったのである。

変質とユイスマンスの『さかしま』

変質のテーマが文学、とりわけ小説ジャンルにもたらしうる豊かな可能性に、世紀末の作家たちは敏感だったように思われる。それはデカダン派の作家も、自然主義作家も同じである。この時代の作家たちは、たとえばバルザックやスタンダールと異なり、人生が構築されていく物語よりも、人生が崩壊していく物語を好んで創作した。社会の繁栄ではなくその衰退を、世界の隆盛ではなくその凋落を描くことに才能を発揮した。崩壊、衰退、凋落のテーマに、変質理論は格好の基盤を提供する。

ユイスマンスの代表作『さかしま』(一八八四)は、彼の自然主義から神秘主義への移行を決定づけ、デカダン文学の聖典とされる作品だ。その冒頭部分で、物語そのものが始動する前に主人公デ・ゼサントの家系が説明されている。それはまさに、医者が患者の病歴を作成する作業に類似している。デ・ゼサント家はかつて栄えた貴族の家柄だが、病いと疲弊で一族の者が次々と世を去り、健全な子孫を残さなかった。主人公自身も少年時代は腺病質で、執拗な熱病に悩まされ、萎黄病(一種の貧血症で、若い女性に多い)まで患った。作家は主人公の生理学的な肖像を次のように素描している。

この旧い家系の没落は、疑いもなく規則ただしく進行した。男性たちの女性化がしだいに明瞭になっていった。何世代にもわたって行なわれてきた作業を完成しようとするかのように、デ・ゼサント家は二世紀にわたって子供たち同士を結婚させてきたのだった。この同族婚のせいで、彼らに残っていた活力も消耗してしまった。

かつては、イール＝ド＝フランス地方とブリー地方のほぼすべてを占有するほどの大家族だったが、今や生きている唯一の子孫がジャン公爵だった。三十歳になる華奢な青年で、貧血症で神経質、頬はくぼみ、目は鋼鉄のように冷たい青で、鼻は肉が薄いものの真っ直ぐで、手は痩せてか細かった[11]。

一族の頽廃のおもな原因は同族結婚であり、新たな血が注ぎこまれないことが家系の衰退を引き起こしたのである。そこでは当然ながら「奇妙な隔世遺伝」が避けられない。この隔世遺伝は、とりわけロンブローゾが犯罪者の特徴のひとつと見なした属性であり、変質の一因とされた。男性の女性化、つまりジェンダー的な混乱、疲弊、生殖能力の減退、貧血症、そして神経症的な外見など、ここには個人と家系を蝕む変質と遺伝の症候があざやかに露呈している。俗世界の喧騒を離れて、自分だけの美の世界に沈潜する男の生と思考を語る『さかしま』は、文学史上、世紀末の唯美主義を決定づけた作品とされる。そのこと自体は誤りではないが、他方で、そこには精神医学上の強迫観念が映し出されているのだ。

ゾラと変質論の変奏

ユイスマンス以上にこのテーマを際立たせてくれるのが、エミール・ゾラである。『さかしま』が一作の内部で行なったことを、ゾラは二十巻の小説シリーズをつうじて体系的に表象してみせた。『変質論』のマックス・ノルダウから「病的にゆがみ、変質した作家」、さらには「神経組織が病んでいる」[12]と批判されたゾラだが、その批判は的外れとしか言いようがない。本書の第二章でも簡潔に触れたように、ゾラは『ルーゴン゠マッカール叢書』全体の構想を練る段階で遺伝や生理学理論に関心をいだき、リュカや、モロー・ド・トゥールや、ベネディクト・オーギュスト・モレルを読んでいた。「作品の進行に関する全体的なメモ」という資料のなかで、ゾラは次のように書き記している。

二つの要素がある。(一)純粋に人間的な要素、生理学的な要素、ひとつの家族と、その子孫のさまざまな繋がりと宿命を科学的に研究すること。(二)現代がこの家族に及ぼす影響、時代の熱狂による家族の錯乱、環境がもたらす社会的、身体的作用。[13]

変質理論の病理的な側面と、その精神的、社会的な影響が作家の関心を引いた。「宿命」は変質が避けがたく襲いかかる現象であることを示し、「錯乱」は破滅的な結末を予想させる。そして物語世界は、ひとつの家族の成員がその起源においてある欠陥をかかえ、それが世代から世代へと継承され、より重大なものになっていくという構図をまとう。家族がかかえる変質を悪化させるのは、第二帝政という享楽と悪徳の時代がもたらす有害な作用ということになる。
『ルーゴン゠マッカール叢書』で家族の起源になるのはディドという女性で、彼女がヒステリーと神経症という変質の要因を負わされ、彼女の子孫たちがこの悲劇的な「亀裂」[14]を遺伝として再生産していく。そして家族の宿命的な衰退は、「最後にはまさしく精神的な怪物(司祭、殺人者、芸術家)を生みだす」[15]ことが、プログラム化されていた。『ムーレ神父のあやまち』(一八七五)ではムーレ司祭の脆弱さ、『獣人』（一八九〇）では機関士ジャックの殺人欲求、そして『制作』（一八八六）では画家クロードの錯乱と自殺が、それぞれ変質の表徴になる。『ムーレ神父のあやまち』の準備ノートのなかには、「セルジュ、デジレ、オクターヴは三人とも変質を体現している」という一文が書き留められている[16]。ゾラ文学において、変質理論は人物の造形と、物語のドラマ性をつかさどる重要な物語要素なのである。より具体的な例を考察してみよう。

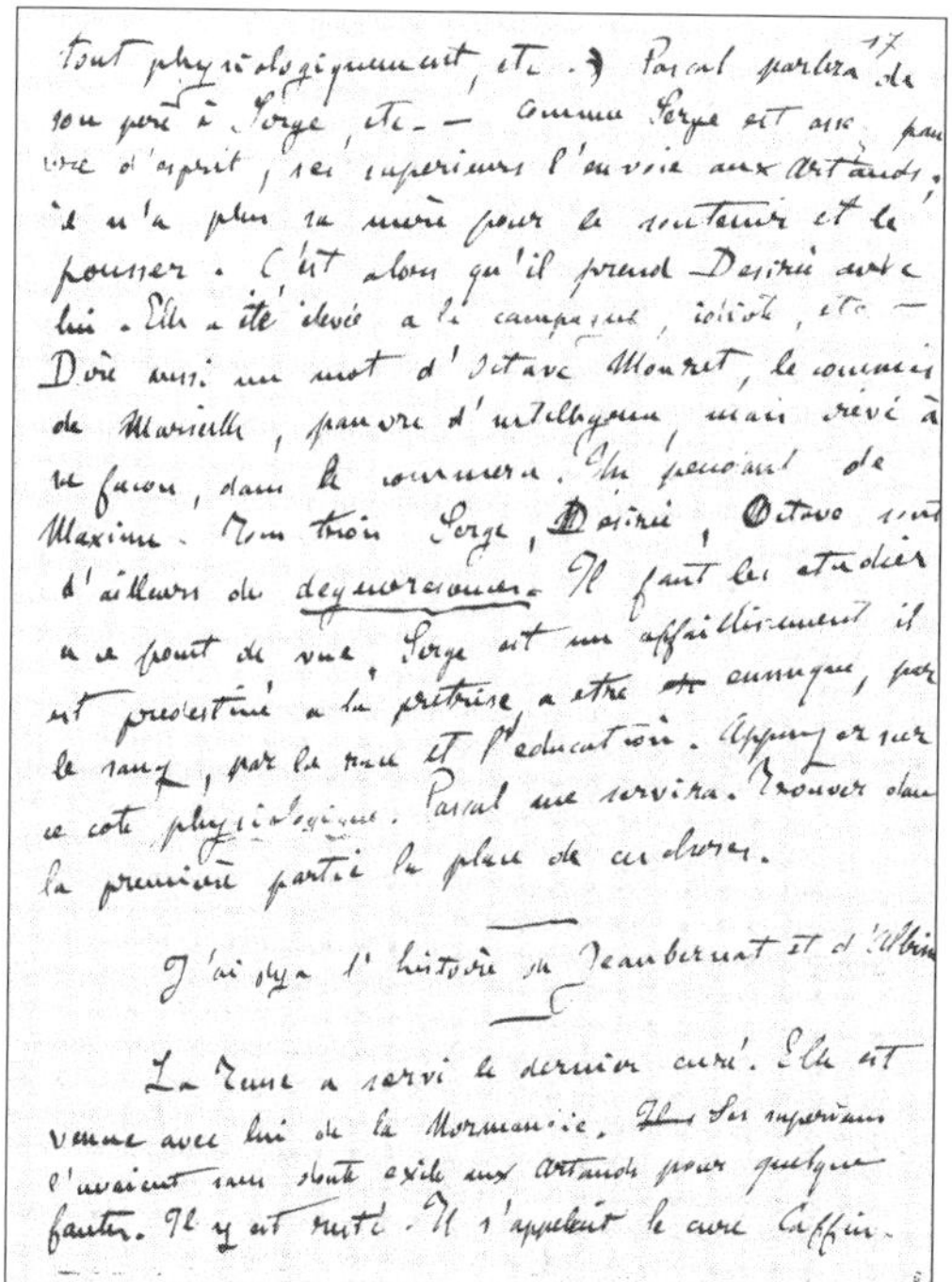
17
tout physiologiquement, etc.) Pascal parlera de son père à Serge, etc. — Comme Serge est assez pauvre d'esprit, ses supérieurs l'envoient aux Artauds; il n'a plus sa mère pour le soutenir et le pousser. C'est alors qu'il prend Désirée avec lui. Elle a été élevée à la campagne, idiote, etc. — Dire aussi un mot d'Octave Mouret, le commis de Marseille, pauvre d'intelligence mais rêvé à sa façon, dans le commerce. Un pendant de Maxime. Tous trois Serge, Désirée, Octave sont d'ailleurs des dégénérescences. Il faut les étudier à ce point de vue. Serge est un affaiblissement il est prédestiné à la prêtrise, à être eunuque, par le sang, par la race et l'éducation. Appuyer sur ce côté physiologique. Pascal me servira. Trouver dans la première partie la place de ces choses.

J'ai déjà l'histoire de Jeanbernat et d'Albine

La Teuse a servi le dernier curé. Elle est venue avec lui de la Normandie. Ses supérieurs l'avaient sans doute exilé aux Artauds pour quelque faute. Il y est resté. Il s'appelait le curé Caffin.

ゾラ『ムーレ神父のあやまち』の準備ノートの草稿 Ms10294 f°17。頁の中ほどで下線を施されている語が「変質 dégénérescence」。

第六章で見たように、『ルーゴン＝マッカール叢書』第二巻『獲物の分け前』で、若い人妻ルネと義理の息子マクシムは道ならぬ恋に耽るのだが、青年マクシムは登場する当初から、母親の神経症と父親の淫欲という異なる不吉な体質を受け継いだ青年として姿を見せる。学校時代のマクシムは「女の子のような雰囲気」を漂わせ、ポケットに小さな手鏡を忍ばせて絶えず自分の顔に見いり、「大人の女のように腰を揺らしていた」。ナルシシズムと、性的な曖昧性あるいは両性具有性は、第三章で見たラシルド『ヴィーナス氏』に登場するジャックを想起させる。マクシムの場合、ナルシシズムは生の活力の脆弱性を露呈する記号である。

マクシムが子供時代を気ままに過ごしたという痕跡、からだ全体の女性化、そして自分が女だと信じた時間、そうしたものがマクシムのうちに残り、彼の男らしさを永遠に損なってしまうことになった。(17)

女性化、男らしさの欠如、すなわち性的アイデンティティーの曖昧性は、当時の認識からすれば性倒錯を暗示する兆候であり、したがって変質と結びつく。最初はマクシムの妖しい中性さに戸惑うルネだが、やがて彼と性的関係に入ると、男女の性役割が逆転する。むせかえるような温室での逢引きは、目眩に似た快楽を生じさせる。

二人は激しい愛の一夜をあじわった。ルネが男で、情熱的で行動的な意志だった。マクシムは甘受した。子供の頃から男らしさを損なわれていたこの金髪の、美しい中性的な人間は、若い女の腕に抱かれて大きな娘のようだった。彼は手足を脱毛し、ローマ時代の美青年のようにほっそりと優雅だった。まるで倒錯した悦楽をあじわうために生まれ、成長したかのようだった。そしてルネは自分の支配力を享受していた。(18)

ナルシシズムは青年の受動性を示し、それがルネの性的な能動性、つまり支配力を高める。ルネがまるで欲望する男のようになり、マクシムは欲望される女のようになる。ここにあるのは、性役割が転倒したかたちでの性愛の戯れである。それが当時の性愛のあり方において逸脱したかたちだということは、言うまでもない。やがてマクシムは性病が原因の運動失調症を患って、若くして死ぬ。受動性、精力の枯渇、悪徳、性の逸脱――すべてが彼を『ルーゴン＝マッカール叢書』における変質の系譜の祖型にしている。

マクシムの死が読者に知らされるのは、叢書の最終巻『パスカル博士』（一八九三）においてである。そして彼の息子シャルルもまた、変質という負の遺伝に冒されて幼くして命が絶える。ルーゴン家の呪われた血を一身に凝縮したようなシャルルは、天使のように愛らしい一方で、精神的にも肉体的にも病的なまでに虚弱であり、変質が最終段階に至ったことを示唆する。一族の年代記を総括した医師パスカルは次のようにつぶやく。

「ああ、そうだ」と彼は小声で続けた。民族は変質している。民族はまさに疲弊し、急速に衰退しつつある。私たちの一族が快楽を渇望し、欲望をがつがつと満たすなかで、まるであまりに速く燃えつきてしまったかのように。(19)

一族の衰退、一家の変質を抑止するものがあるとすれば、それは一族の外部からもたらされる新たな血以外にない。それが善悪どのような萌芽を含んでいるにしても、「避けがたく進行する変質を抑制する効果」はあるだろう。そして「数世代経てば亀裂が修復され、欠陥が消え去り、運命的な均衡が取り戻されるはずだ[20]」。『パスカル博士』の最後で、つまり『ルーゴン゠マッカール叢書』の最後で描かれる、パスカルと若い女クロチルドのあいだに生まれた男の子を、彼女が太陽に向けて高く掲げながら幸福を期待する場面は、一族と社会の再生を願う身ぶりを示している。ゾラの『ルーゴン゠マッカール叢書』全二十巻は、病理的な起源から出発した一家族が数世代かけて変質の影響をこうむり、そこから解放される可能性を未来に託すまでのさまざまな人間ドラマを展開した、壮大な物語宇宙なのである。

変質は、現代のわれわれから見れば留保をつけずにいられない医学概念であり、短絡的に解釈されれば差別や暴力に結びつく。ただ十九世紀後半のヨーロッパにおいては、幅広い支持を得ていた理論であり、それによって精神病理とりわけヒステリー、性倒錯、逸脱、犯罪、芸術の潮流などが解釈できるとされた概念装置だった。そしてゾラのような文学者からすれば、個人の心理と身体のみならず、家族の運命、社会の動きまでもドラマチックに語ることを可能にする有効な物語装置だった。その意味で、近代のひとつの神話だったのである。

おわりに

十九世紀から二十世紀前半のフランス社会と文化を対象にして、逸脱とその表象をあとづける旅をひとまず終えた今、要点をあらためて振りかえっておこう。

第Ⅰ部を構成する三つの章から浮き彫りになったのは、当時の女たちが現代に比べてはるかに拘束力の強い規範のもとで生きていたということである。とりわけ若い娘たちに要請される「女性性」の規範は道徳的、社会的そして性的に彼女たちの心理を抑圧し、その身体を束縛していた。感応遺伝の神話に示されるように、男たちの視線と欲望にさらされる女たちは、それを受容することで消しがたい身体の宿命を刻印される危険があった。逆にフラートやギャルソンヌの例が語るように、女が男の欲望に応えるだけでなくそれを挑発し、ときにはみずからの欲望を主張し、身体の自由を唱えれば、女たちは不道徳という批判を浴びせられた。

他方、男たちにしても女たちよりはるかに大きな自由と解放を享受していた、というわけではない。第Ⅱ部の諸章で示そうとしたように、男たちもまた家庭、性、法の領域でさまざまな規範を課されていた。職業上の理由や特殊な事情で強いられるのでないかぎり、独身をつらぬく男にたいして医者たちは厳しい批判を浴びせた。そしてまた性科学がめざましい発達を見たこの時代に、性における逸脱と侵犯は「倒錯」という烙印を押されて病理化された。同性愛、サディズム、マゾヒズムそしてフェティシズムは、ブルジョワジーの性道徳に背き、家庭生活の秩序を損なう悪徳として、とりわけ男たちの責任が問われた現象だった。そして女であれ男であれ、逸脱と侵犯を証言するさまざまな現象は、変質論というこの時代の強迫観念と深く結びついていたのである。

規範と逸脱、規則と侵犯は表裏一体である。規範がなければ逸脱はなく、規則が存在しなければ侵犯も存在しない。そしていつの時代、どの社会にも、規範や規則を超えて新たな価値観を唱導する者たちが男女を問わず出現する。本書で分析した文学作品においては、そうした男女はしばしば不幸な結末を迎えるわけだが、それは社会の支配的な価値観との軋轢がもたらした結果にほかならない。とはいえ逸脱と侵犯があればこそ社会は進歩し、文化は刷新され、人々の意識は変化していくというのも歴史の一面であろう。逸脱に課される社会の制裁は、社会が変貌を遂げるために必要なひとつの階梯なのである。

あとがき

逸脱というテーマで著作を書き下ろせるとは、正直言って私自身思っていなかった。しばしば脳裏をかすめた文学作品や、以前から気になっていた問題はあったが、断片的な思考に留まっていただけで、書物としての統一的なイメージに結実しなかった。

さまざまな意味での規範からの逸脱という主題にそくして、十九世紀から二十世紀初頭に至るフランスの文学と文化の一側面を析出させることができるのではないか、と思い到ったのは二〇一七年である。微妙な論点を含む主題だけに、慶應義塾大学出版会編集部の村上文さんに、いくらかためらいがちに企画を提案したのだが、村上さんが「よろしいのではないでしょうか」と快諾してくれた。こうして出来上がったのが本書である。

しばしば脳裏をかすめていた文学作品というのは、たとえば本書でも触れたゾラの『マドレーヌ・フェラ』、エドモン・ド・ゴンクールの『シェリ』、ラシルドの『ヴィーナス氏』、マルセル・プレヴォーの『半処女』、あるいはヴィクトル・マルグリットの『ギャルソンヌ』などである。これらの作品は、作者は有名でも作品が日本ではまったく読まれないもの、あるいは作家も作品も無名という範疇に入るものばかりである。私はフランスの十九世紀から二十世紀初頭の文学と文化史を専門とする研究者であり、その時代に書かれた小説はできるかぎり何でも読んでみることにしている。そのなかには、文学史的には今日ほとんどまったく言及されないものの、発表当時は評判になったり、不道徳だとして断罪されたりした作品が含まれる。それらの作品は、文化史や表象論の観点から分析してみたいという欲求をそそった。文学研究者としての私は、特定の作品や挿話や描写から問題を掘り起こすのが習いになっている。

　他方で私は、久しい以前から身体や愛の表象に関心があり、『身体の文化史』（二〇〇六年）、『〈女らしさ〉の文化史』（二〇〇六年）、『恋するフランス文学』（二〇一二）などを上梓した。その過程で医学、生理学関連の文献を読む楽しさを知った。医学の知というのは、時間が経過し、知識が刷新されて科学的な水準ではもはや問題とされないような場合でも、あるいはまさにそのような場合にこそ、文化史的な考察に際しては格好の文献になってくれるものである。今回も当時の精神医学、性科学、生理学の分野の著作を数多く繙く機会に恵まれた。そして、本書の執筆を始めた頃は意識していなかったが、結果的に、セクシュアリティーに関するミシェル・フーコーの著作からは恩恵をこうむった。十九世紀ブルジョワ社会における性現象と生＝政治をめぐる彼の議論には、反論の余地も少なくないのだが。

　そしてまた、本書の構想に遠くから反響していると思われるのが、一九八〇年代にフランスで刊行された五巻本の『私生活の歴史』*Histoire de la vie privée*、とりわけ十九世紀を扱った第四巻である。概念としては近代の産物である「私生活《プライヴァシー》」の歴史を、古代ギリシア・ローマ時代から現代まで、フランスのみならず他の西洋諸国にまで目を配りながらたどった大著である。第四巻はミシェル・ペロー、アラン・コルバン、そしてリン・ハントが主要な著者として名を連ねる。この分野では文字どおり一時代を画した著作で、私自身もこれまで本や論文を執筆するにあたってしばしば参照してきたし、本書でも言及している。英訳など数多くの外国語訳が存在するが、残念ながら邦訳はいまだ存在しない。刊行から三十年以上経っているが、価値はいささかも色褪せていないので、ぜひ日本語に訳されることを期待する次第である。

逸脱あるいは侵犯のテーマは多様であり、本書はもちろんそれらを網羅したものではない。愛と性の逸脱について言えば、不倫の愛や近親愛について語ることができるだろう。前者はフランスの近代小説でしばしば描かれてきた主題だが、他方後者はタブー視された愛で、文学作品においても描かれることは稀である。さらに法における侵犯は犯罪ということになり、こちらは社会的侵犯の典型であろう。性愛と法の両方に絡まるのが、ときとして暴力や殺人にまでいたる痴情犯罪で、十九世紀末から二十世紀初頭のベルエポック期に大衆ジャーナリズムを賑わした話題である。これらの問題について筆者はすでに別のところで論じたことがあるので（『近代フランスの事件簿　犯罪・文学・社会』淡交社、二〇〇〇年。『恋するフランス文学』慶應義塾大学出版会、二〇一二年）、興味のある読者にはそちらを参照していただけると幸いである。

主として十九世紀後半の逸脱のテーマを論じ、当時の精神医学の著作を参照して書かれた本書で、ヒステリーの問題に焦点が当てられていないことに違和感をいだく読者がいるかもしれない。その違和感は当然で、私としてもこの問題を忘れていたわけではなく、第五章でシャルコーの名を引きながら簡単に言及した。後年フロイトによる体系的な研究に結実するヒステリーは、この時代を特徴づける病理であると同時に、芸術、文学、思想、精神医学の領域で複雑な表象システムを生みだした神話である。一章で論じきれるテーマではなく、いずれ機会をあらためて一書にまとめたいと思う。

参照した十九世紀の医学、精神医学、性科学関連の著作のいくつかは、パリのフランス国立図書館のウェブサイトGallicaからダウンロードして閲覧したものである。文学作品なら全集や著作集に収められているが、昔の医学文献となると事情は異なる。どの研究分野でも同じだが、デジタル化された文献や資料に容易にアクセスできるというのはありがたいことで、私もその恩恵を享受させてもらった。

逸脱、病理、倒錯といったテーマを扱っているだけに、今日的な観点からすれば問題視されるような用語や概念が本書には散見されるだろう。そうした用語や概念が流布し、広く受容されていた時代の話であり、時代の精神風土を伝えるためにあえて使用したことをご了解いただきたい。

なお本書で引用した文学作品の訳文について言えば、既訳をそのまま、あるいは文脈上いくらか変更を加えて使用した場合は、その旨を本文中に明示しておいた。それ以外は拙訳である。参照の有無にかかわらず読者の便宜を考慮して、注には現在入手しやすい既訳の情報を記しておいた。

本書は基本的に書き下ろしだが、第一章だけは『慶應義塾大学日吉紀要　フランス語フランス文学』第67号（二〇一八年十月）に発表した論考「若い娘たちの表象――魂から身体へ」を基にして、加筆修正を施したものである。また本書には、平成二八年―三〇年度文部科学省科学研究費補助金・基盤研究（C）（課題番号16K02545）の助成を受けた研究の成果が反映されていることを付記しておく。

最後に、本書誕生のきっかけを作ってくださった慶應義塾大学出版会編集部の村上文さんに感謝したい。『恋するフランス文学』以来の久しぶりの共同作業を、気持ちよく進めることができました。ありがとうございました。

二〇一八年十二月

小倉孝誠

慶應義塾大学出版会

近代フランスの誘惑
―物語 表象 オリエント

小倉孝誠著　19 世紀という時代に、人びとは何を夢見ていたのだろうか？　新聞小説、大衆文学、旅行記、鉄道、犯罪、写真、彫刻などをめぐり、バルザック、マクシム・デュ・カン、ロダンらが生きた歓楽の社会を浮き彫りにする。　◎2,800 円

恋するフランス文学

小倉孝誠著　お針子、人妻、娼婦、ボヘミアンの恋、さらには同性愛と近親愛。「愛の国」の「愛のかたち」をなぞるように、最高に甘く、そして苦いフランス文学を味わいつくす。7 幕の舞台からなる、フランス文学への誘い。　◎3,200 円

表示価格は刊行時の本体価格（税別）です。

著者
小倉孝誠（おぐら・こうせい）

1956年生まれ。パリ・ソルボンヌ大学文学博士。慶應義塾大学文学部教授。専門は、近代フランスの文学と文化史。著書に、『愛の情景』（中央公論新社、2011年）、『恋するフランス文学』（慶應義塾大学出版会、2012年）、『革命と反動の図像学』（白水社、2014年）、『写真家ナダール』（中央公論新社、2016年）、『ゾラと近代フランス』（白水社、2017年）など。訳書に、フローベール『紋切型辞典』（岩波文庫、2000年）、ユゴー『死刑囚最後の日』（光文社古典新訳文庫、2018年）など。

逸脱の文化史
——近代の〈女らしさ〉と〈男らしさ〉

2019年4月15日　初版第1刷発行

著　者――――小倉孝誠
発行者――――依田俊之
発行所――――慶應義塾大学出版会株式会社
〒108-8346　東京都港区三田2-19-30
TEL　〔編集部〕03-3451-0931
〔営業部〕03-3451-3584〈ご注文〉
〔　〃　〕03-3451-6926
FAX　〔営業部〕03-3451-3122
振替　00190-8-155497
http://www.keio-up.co.jp/
装　幀――――真田幸治
組　版――――株式会社キャップス
印刷・製本――中央精版印刷株式会社
カバー印刷――株式会社太平印刷社

Printed in Japan ISBN978-4-7664-2592-5

索引

サ行

タ行

ナ行

ハ行

マ行

注

はじめに

(1) Michel Foucault, *Les Anormaux. Cours au Collège de France, 1974–1975*, Seuil/Gallimard, 1999, pp. 101–110. 邦訳は、ミシェル・フーコー『異常者たち――コレージュ・ド・フランス講義　1974–1975年度』慎改康之訳、筑摩書房、2002年。

(2) Alain Corbin, Jean-Jacques Courtine, Georges Vigarello (dir.), *Histoire de la virilité*, 3vol., Seuil, 2011. 邦訳は、アラン・コルバンほか監修『男らしさの歴史』小倉孝誠・鷲見洋一・岑村傑監訳、全３巻、藤原書店、2017年。とくに19世紀を扱った第II巻を参照のこと。

(3) Michel Foucault, *Histoire de la sexualité*, t.I, *La volonté de savoir*, Gallimard, 1976, p. 138. 邦訳はミシェル・フーコー『性の歴史Ｉ　知への意志』渡辺守章訳、新潮社、1986年。

第Ｉ部

第一章

(1) Philippe Lejeune, *Le Moi des demoiselles. Enquête sur le journal de jeune fille*, Seuil, 1993, p. 88. 19世紀における女子教育についてはいくつかの研究書があるが、主なものは以下のとおりである。Françoise Mayeur, *L'Éducation des filles en France au XIXe siècle*, Hachette, 1979; Isabelle Bricard, *Saintes ou pouliches. L'éducation des jeunes filles au XIXe siècle*, Albin Michel, 1985; Rebecca Rogers, *Les Bourgeoises au pensionnat: l'éducation féminine au XIXe siècle*, P. U. de Rennes, 2007.

(2) Alain Corbin, *Les Filles de rêve*, Fayard, 2014. 邦訳はアラン・コルバン『処女崇拝の系譜』山田登世子・小倉孝誠訳、藤原書店、2018年。日本では、かつて澁澤龍彦がエロティシズムのひとつの形態として処女幻想を語ったことがある。『エロティシズム』中公文庫、1984年、112–124頁。

(3) アンケ・ベルナウ『処女の文化史』夏目幸子訳、新潮社、2008年、112頁以下。

(4) フランス文学における娼婦像については、たとえば以下の著作を参照のこと。村田京子『娼婦の肖像――ロマン主義的クルチザンヌの系譜』新評論、2006年。小倉孝誠『恋するフランス文学』慶應義塾大学出版会、2012年、第３章。Mireille Dottin-Orsini, Daniel Grojnowski, *L'Imaginaire de la prostitution. De la Bohème à la Belle Époque*, Hermann, 2017.

(5) Bernardin de Saint-Pierre, *Paul et Virginie*, « Folio », 1984, pp. 224–225. 以下特に本文中に明記しないかぎり、引用文の訳は拙訳による。ただし邦訳がある場合は、読者への情報提供として記すことにする。ベルナルダン・ド・サン＝ピエール『ポール

とヴィルジニー』鈴木雅生訳、光文社古典新訳文庫、2014年、ほか。

（6）Chateaubriand, *Atala*, dans *Œuvres romanesques et voyages*, Gallimard, « Bibliothèque de la Pléiade », t. I, 1969, p. 89.

（7）Lamartine, *Graziella*, « Folio », 1979, p. 86.

（8）*Ibid.*, p. 183.

（9）*Paris ou le Livre des cent-et-un*, Ladvocat, t. III, 1831, « Les Jeunes filles de Paris », p. 30. なおこの著作は、アティーナ・プレス社から復刻版が刊行されている（2016–2018年）。著作の文化史的な意義については、別冊解説、小倉孝誠「生理学シリーズの原点」（2018年）を参照いただきたい。

（10）*Les Français peints par eux-mêmes*, t. I, 1840, « La Jeune fille », p. 258.

（11）Maupassant, « La Jeune fille », *Chroniques. Anthologie*, Librairie générale française, 2008, p. 299.

（12）Maupassant, « Yvette », *Contes et nouvelles*, Gallimard, « Bibliothèque de la Pléiade », t. II, 1979, p. 258.

（13）Paul Bourget, *Physiologie de l'amour moderne*, Plon, s.d., p. 85.

（14）プルーストの小説における若い娘の表象については、次の著作を参照していただきたい。湯沢英彦『プルースト的冒険——偶然・反復・倒錯』水声社、2001年、第5章。

（15）Rémy de Gourmont, « La Jeune fille d'aujourd'hui », *La Culture des idées*, Robert Laffont, « Bouquins », 2008, p. 252.

（16）*Ibid.*, p. 252.

（17）*Ibid.*, p. 254.

（18）Edmond et Jules de Goncourt, *Renée Mauperin*, Classiques Garnier, 2014, p. 141.

（19）Edmond de Goncourt, *La Faustin*, 10/18, 1979, p. 179.

（20）Edmond de Goncourt, *Chérie*, La Chasse au Snark, 2002, pp. 40–41.

（21）*Ibid.*, p. 87. なおシェリの神経症の問題については、cf. Sophie Pelletier, « De la jeune fille à la jeune femme, un passage impossible? L'exemple de Chérie », *Romantisme*, 2014, no 165, pp. 31–42. この号は « Savoirs de jeunes filles » と題された特集号である。

（22）*Ibid.*, p. 128.

（23）*Ibid.*, pp. 150–151.

（24）Cf. Jean-Louis Cabanès, *Le Corps et la Maladie dans les récits réalistes (1856–1893)*, Klincksieck, t. I, 1991, p. 137. なお19世紀の医学者や生理学者が若い娘の身体に強い関心を寄せていたことは、次の論考でも指摘されている。Jean-Claude Caron, « Jeune fille, jeune corps: objet et catégorie（France, XIXe-XXe siècles）, Gabrielle Houbre（dir.）, *Le Corps des jeunes filles de l'Antiquité à nos jours*, Perrin, 2001, pp. 174–177.

（25）Cf. Edmond de Goncourt, *Chérie*, *op. cit.*, p. 37. 校訂者の注によると、テオフィル・

ゴーチエ、マラルメ、プルーストと並んで、エドモン・ド・ゴンクールは女性ファッションについて造詣が深かった。

(26) Nao Takaï, *Le Corps féminin nu ou paré dans les récits réalistes de la seconde moitié du XIXe siècle*, Champion, 2013, pp. 206, 231.

(27) Edmond de Goncourt, *Chérie*, *op. cit.*, pp. 260–261.

第二章

(1) 川村邦光『セクシュアリティの近代』講談社選書メチエ、1996年、122–124頁。

(2) Philippe Hamon, *Imageries. Littérature et image au XIXe siècle*, José Corti, 2001, p. 213.

(3) Prosper Lucas, *Traité philosophique et physiologique de l'hétédité naturelle*, Baillière, t. 2, 1850, pp. 53–65.

(4) *Ibid.*, pp. 60–65.

(5) 全訳ではないが、『フランス史』には邦訳がある。ミシュレ『フランス史』大野一道・立川孝一監修、全6巻、藤原書店、2010–2011年。また歴史家ミシュレに関しては以下の著作が多くを教えてくれる。大野一道『ミシュレ伝 1798–1874』藤原書店、1998年。真野倫平『死の歴史学――ミシュレ『フランス史』を読む』藤原書店、2008年。

(6) Jules Michelet, *L'Amour*, *Œuvres complètes*, t. XVIII, Flammarion, 1985, pp. 43–44. 訳文はミシュレ『愛』森井真訳、中公文庫、1981年、14–15頁、に依拠するが、一部改変した。以下同様である。

(7) Jules Michelet, *Journal*, t. II, Gallimard, 1962, p. 330, 16 juin, 1857.

(8) Michelet, *L'Amour*, p. 47. 邦訳は22–23頁。

(9) *Ibid.*, p. 229. この部分は邦訳では訳出されていない。ここで詳述する余裕はないが、ミシュレにおける女性の表象と、それが彼の歴史観とどう関わるかについては次の著作を参照のこと。Thérèse Moreau, *Le Sang de l'histoire. Michelet, l'histoire et l'idée de la femme au XIXe siècle*, Flammarion, 1982.

(10) Émile Zola, « Causerie », *La Tribune*, 29 novembre 1868. *Œuvres complètes*, t. 1, Cercle du Livre Précieux, 1962, p. 900.

(11) Émile Zola, *Madeleine Férat*, dans *Œuvres complètes*, t. 1, p. 807.

(12) *Ibid.*, p. 807.

(13) *Ibid.*, p. 858.

(14) *Ibid.*, p. 812.

(15) *Ibid.*, p. 812.

(16) *Ibid.*, p. 813.

(17) *Ibid.*, p. 896.

(18) Henri Mitterand, *Zola*, t. I, Fayard, 1999, p. 621.

(19) Catulle Mendès, *Le Cruel berceau*, Flammarion, s.d., pp. 1–85.

(20) Léon Bloy, « Terrible châtiment d'un dentiste », dans *Histoires désobligeantes, Œuvres de Léon Bloy*, Mercure de France, t. VI, 1967.

(21) *Ibid.*, p. 238.

(22) J. Reynal, *De l'imprégnation maternelle ou l'infection maritale*, thèse de la Faculté de médecine de Paris, 1905, no 77, pp. 35–36. 次の論文に引用されている。 Anne Carol, « La télégonie, ou les nuances de l'hérédité féminine », *Rives méditerranéennes*, 2006, p. 6.

第三章

(1) ラシルドに関する伝記的研究としては、次の著作が有益である。Claude Dauphiné, *Rachilde*, Mercure de France, 1991. ラシルドは日本ではほとんど知られていないが、邦訳がいくつか存在する。『ヴィーナス氏』高橋たか子・鈴木晶訳、人文書院、1980年；『超男性ジャリ』宮川明子訳、作品社、1995年。また笠間千浪編『古典BL小説集』平凡社、2015年、には、『自然を逸する者たち』の抄訳と『アンティノウスの死』（いずれも熊谷謙介訳）が収められている。ラシルドの作品全体における性の主題については、cf. Regina Bolhalder Mayer, *Éros décadent. Sexe et identité chez Rachilde*, Honoré Champion, 2002. とくに『ヴィーナス氏』については、pp. 91–96.

(2) Rachilde, *Monsieur Vénus*, Bruxelles, Auguste Brancart, 1884, p. 21. 以下『ヴィーナス氏』からの引用はこの初版本にもとづく。一般には、モーリス・バレスの有名な序文が付された新版が読まれるが、本書のテーマからすれば、過激な表現を含む初版に依拠するほうがいいと判断した。初版にあった第７章が第二版以降では削除されるなど、かなりの異同が認められる。

(3) *Ibid.*, p. 13.

(4) *Ibid.*, p. 88.

(5) *Ibid.*, p. 95.

(6) *Ibid.*, p. 124.

(7) 石田衣良『娼年』集英社、2001年。現在は集英社文庫（2004年）に入っている。

(8) Rachilde, *Monsieur Vénus*, p. 138.

(9) *Ibid.*, p. 228.

(10) 変質論が19世紀末の社会にもたらした脅威をよく伝えてくれるのが、たとえば次の著作である。Paul-Maurice Legrain, *De la Dégénérescence de l'espèce humaine, sa définition, ses origines*, Publication des Annales de la Polichimique de Paris, 1892. とくに犯罪との関係で変質論の推移を考察したのは、次の論考である。梅澤礼「精神障害者と犯罪者――デジェネレッサンス理論の形成過程に関する一考察」、『立命館言語文化研究』第28巻１号、2016年、281–290頁。

(11) Cf. Philippe Ariès et Georges Duby (dir.), *Histoire de la vie privée*, t. 4, Seuil, 1987,

pp. 544–547; Fabienne Casta-Rosaz, *Histoire du flirt*, Grasset, 2000. 邦訳はファビエンヌ・カスタ＝ローザ『「恋《フラート》」の世紀——男と女のタブーの変遷』吉田春美訳、原書房、2002年。Anne-Marie Sohn, *100 ans de séduction. Une histoire des histoires d'amour*, Larousse, 2003, ch. 3 Aimer, « la fréquentation et le flirt ».

(12) Paul Bourget, *Physiologie de l'amour moderne*, Lemerre, 1890, p. 155.

(13) *Ibid.*, p. 156.

(14) Auguste Forel, *La Question sexuelle exposée aux adultes cultivés*, G. Steinheil, 1911, p. 108.

(15) *Ibid.*, p. 109.

(16) Marcel Prévost, *Les Demi-Vierges*, Lemerre, s.d., p. 211.

(17) *Ibid.*, p. 248.

(18) *Ibid.*, p. 79.

(19) Cf., Fabienne Casta-Rosaz, *op. cit.*, pp. 99–109.

(20) Marcel Prévost, *Les Demi-Vierges*, p. 86.

(21) *Ibid.*, pp. I–VII.

(22) *Ibid.*, pp. 383–384.

(23) Cf. Philippe Lejeune, *op. cit.*, p. 88.

(24) Catherine Pozzi, *Journal de jeunesse 1893–1906*, Verdier, 1995, pp. 149–150.

(25) Denis Bertholet, *Le Bourgeois dans tous ses états. Le Roman familial de la Belle-Époque*, Olivier Orban, 1987, p. 61.

(26) Patrick de Villepin, *Victor Margueritte*, François Bourin, 1991, pp. 191–211.

(27) 山本順二『漱石のパリ日記——ベル・エポックの一週間』彩流社、2013年、29頁。

(28) Victor Margueritte, *La Garçonne*, Payot, 2013, p. 69.

(29) *Ibid.*, p. 112.

(30) Colette, *La Vagabonde* (1910); *Chéri* (1920).

(31) Simone de Beauvoir, *Le Deuxième sexe*, Gallimard, « Folio », t. II, 2003, pp. 615–617. 邦訳はボーヴォワール『第二の性』第二巻「体験」、中嶋公子・加藤康子監訳、新潮社、1997年、587–588頁。

(32) 女性のあいだにスポーツが普及した経緯については、次を参照のこと。Eugen Weber, *Fin de siècle*, Fayard, pp. 240–263. 山田登世子『リゾート世紀末』筑摩書房、1998年、第8章「スピード世紀末」。

(33) Victor Margueritte, *La Garçonne*, p. 165.

(34) *Ibid.*, p. 169.

(35) *Ibid.*, p. 172.

(36) *Ibid.*, p. 174.

(37) *Ibid.*, p. 251.

(38) ハヴロック・エリス『性の心理　vol. 6　性と社会II』佐藤晴夫訳、未知谷、1996年、96頁以下を参照のこと。

(39) この点については次の研究を参照願いたい。Anne-Marie Sohn, « *La Garçonne* face à l'opinion publique: type littéraire ou type social des années 20 ? », *Le Mouvement social*, N° 80, juillet-septembre 1972, pp. 19–21; Christine Bard, *Les Filles de Marianne. Histoire des féminismes 1914–1940*, Fayard, 1995, pp. 187–209; Christine Bard, *Les Garçonnes. Modes et fantasmes des Années folles*, Flammarion, 1998, pp. 57–91.

(40) 邦訳はヴィクトル・マルグリット『ガルソンヌ』永井順訳、創元社、1950年。ただし筆者（小倉）は未見である。

第II部

第四章

(1) Émile Zola, « Dépopulation », dans *Œuvres complètes*, Cercle du livre précieux, t. 14, 1969, p. 786.〔邦訳は、ゾラ『時代を読む　1870–1900』小倉孝誠・菅野賢治編訳、藤原書店、2002年、223頁。〕なお、生殖と出産に関するゾラの考え方、同時代の医学事情、そしてその思想的背景については次の論考に詳しい。林田愛「ゾラと科学——倫理的神秘主義の視座から」、金森修編著『エピステモロジー——20世紀のフランス科学思想史』慶應義塾大学出版会、2013年、499頁以下。

(2) この点について、筆者は他の場所で少し詳しく論じたことがある。小倉孝誠「幸福な身体のために——十九世紀の性科学と文学」、アラン・コルバン・小倉孝誠・鷲見洋一・岑村傑『身体はどう変わってきたか——16世紀から現代まで』藤原書店、2014年、230–268頁。

(3) Jules Guyot, *Bréviaire de l'amour expérimental* (1882), Payot, 2012, pp. 85–86.

(4) Pierre Garnier, *Le Mariage dans ses devoirs, ses rapports et ses effets conjugaux au point de vue légal, hygiénique, physiologique et moral*, Garnier, 1879, p. VII, p. 86.

(5) *Ibid.*, ch. « Âge du mariage », « La Copulation ».

(6) *Ibid.*, p. 98.

(7) Pierre Garnier, *Célibat et célibataires*, Garnier, 1889.

(8) *Dictionnaire encyclopédique des sciences médicales*, t. 41, 1874, p. 77.

(9) Philippe Ariès et Georges Duby (dir.), *Histoire de la vie privée*, t. 4, « De la Révolution à la Grande Guerre », Seuil, 1987, p. 290. なお独身者の表象をめぐる古代から現代に至るまでの歴史的変遷については、cf. Jean Claude Bologne, *Histoire du célibat et des célibataires*, Fayard, 2004.

(10) *Ibid.*, p. 291.

(11) Cécile Dauphin, « Femmes seules », Georges Duby et Michelle Perrot (dir.), *Histoire*

des femmes en Occident, t. 4, « Le XIXe siècle », Plon, 1991, pp. 448–452. 邦訳：G・デュビィ、M・ペロー監修『女の歴史』IV、藤原書店、1996年、683–690頁。19世紀イギリスの「余った女」については、次の著作を参照していただきたい。川本静子『〈新しい女たち〉の世紀末』みすず書房、1999年、63–82頁。E・ショウォールター『性のアナーキー――世紀末のジェンダーと文化』富山太佳夫ほか訳、みすず書房、2000年、30–67頁。

(12) Cécile Dauphin, « Histoire d'un stéréotype, la vieille fille,», Arlette Farge et Christiane Klapisch-Zuber (éd.), *Madame ou Mademoiselle? Itinéraires de la solitude féminine, XVIIIe-XXe siècles*, Montalba, 1984, pp. 207–231.

(13) Henry Murger, *Scènes de la vie de bohème*, Gallimard, « Folio », 1988, p. 45.

(14) ユルゲン・ハーバーマス『公共性の構造転換』細谷貞雄訳、未来社、1973年。

(15) 19世紀パリのボヘミアンに関する文献としては、次のようなものがある。今橋映子『異都憧憬――日本人のパリ』柏書房、1993年（平凡社ライブラリー、2001年）、第Ⅰ部第1章「ボヘミアン生活の神話と現実」；石井洋二郎『時代を「写した」男ナダール 1820–1910』藤原書店、2017年、第一部「ペンを手にしたボヘミアン」；小倉孝誠「パリのボヘミアン」、『ふらんす』白水社、2017年4月～2018年3月。フランス語文献としては、次の2冊が有益である。Jerrold Seigel, *Paris bohème 1830–1930*, Gallimard, 1991; Luc Ferry, *L'Invention de la vie de bohème 1830–1900*, Éditions Cercle d'art, 2012.

(16) Barbey d'Aurevilly, *Du dandysme et de George Brummell*, dans *Œuvres romanesques complètes*, Gallimard, « Bibliothèque de la Pléiade », t. II, 1984, pp. 673–674.

(17) *Ibid.*, p. 675.

(18) Baudelaire, *Le Peintre de la vie moderne*, dans *Œuvres complètes*, Gallimard, « Bibliothèque de la Pléiade », t. II, 1976, p. 709.

(19) ダンディーとダンディズムについては、次の著作を参照のこと。生田耕作『ダンディズム――栄光と悲惨』中公文庫、1999年。Roger Kempf, *Dandies*, Seuil, 1977. 邦訳は、ロジェ・ケンプ『ダンディー　ある男たちの美学』桜井哲夫訳、講談社現代新書、1989年；Alain Montandon (dir.), *Dictionnaire du dandysme*, Honoré Champion, 2016.

(20) *Histoire de la vie privée*, t. 4, *op. cit.*, p. 299.

(21) Marie d'Espilly, « La vieille fille », *Les Français peints par eux-mêmes*, Curmer, t. 2, 1840, p. 339.

(22) Jean Borie, *Le Célibataire français*, Le Sagittaire, 1976. またジャン・ボリの議論を引き継いで、19世紀末の小説における独身者の表象を問いかけたのが次の著作である。Jean-Pierre Bertrand, Michel Biron, Jacques Dubois, Jeannine Paque, *Le Roman célibataire. D'À Rebours à Paludes*, José Corti, 1996.

(23) Edmond et Jules de Goncourt, *Manette Salomon*, Gallimard, « Folio », 1996, pp. 226–227.

(24) Balzac, *Pierrette*, dans *La Comédie humaine*, Gallimard, « Bibliothèque de la Pléiade », t. IV, 1976, p. 24.『ピエレット』は『トゥールの司祭』、『ラブイユーズ』と共に「独身者たち」三部作を構成する。この三部作を中心とするバルザックの独身者の表象については、cf. Takao Kashiwagi, *La Trilogie des Célibataires d'Honoré de Balzac*, Nizet, 1983.

第五章

(1) Sylvie Chaperon, *Les Origines de la sexologie (1850–1900)*, Payot, 2012, pp. 9–11. 他方、19世紀末から20世紀初頭にかけて欧州やアメリカで性科学が構築された経緯を、消費に焦点化する近代経済学の理論モデルで説明しようとしたのが、ローレンス・バーキン『性科学の誕生——欲望／消費／個人主義　1871–1914』太田省一訳、十月社、1997年、である。

(2) ヒステリーの文学表象および文化的側面について、筆者はいずれ稿をあらためて体系的に論じるつもりである。なお現代における性倒錯の分類と認識については、ジェラール・ボネ『性倒錯——さまざまな性のかたち』西尾彰泰・守谷てるみ訳、白水社、文庫クセジュ、2011年、を参照いただきたい。

(3) Ambroise Tardieu, *Étude médico-légale sur les attentats aux mœurs*, 4e éd., Baillière, 1862, p. 148.

(4) *Ibid.*, p. 173.

(5) Valentin Magnan, *Des anomalies, des aberrations et des perversions sexuelles*, Delahaye et Lecrosnier, 1885, p. 18.

(6) Richard Von Krafft-Ebing, *Psychopathia sexualis avec recherches spéciales sur l'inversion sexuelle*, traduit par Émile Laurent et Sigismond Csapo, Georges Carré, 1895, Kessinger Legacy Reprints, p. 246.

(7) このテーマについては、小倉孝誠『恋するフランス文学』慶應義塾大学出版会、2012年、第６章「第三の性　同性愛者たちの物語」を参照していただきたい。

(8) Marcel Proust, *À la recherche du temps perdu*, Gallimard, « Bibliothèque de la Pléiade », t. III, 1988, p. 16. 訳文はマルセル・プルースト『失われた時を求めて』吉川一義訳、岩波文庫、第８巻、2015年、50頁、による。

(9) Richard Von Krafft-Ebing, *op. cit.*, p. 83.

(10) Jean-Jacques Rousseau, *Les Confessions*, dans *Œuvres complètes*, Gallimard, « Bibliothèque de la Pléiade », t. I, 1986, p. 15. 邦訳は、ジャン＝ジャック・ルソー『告白』上、桑原武夫訳、岩波文庫、1965年、ほか。

(11) Richard Von Krafft-Ebing, *op. cit.*, pp. 121–122.

(12) *Ibid.*, p. 135.

(13) ザッヘル゠マゾッホ『毛皮を着たヴィーナス』種村季弘訳、河出文庫、1995年、81頁。

(14) Gilles Deleuze, *Présentation de Sacher-Masoch. Le froid et le cruel*, Éditions de Minuit, 1967. 邦訳はジル・ドゥルーズ『マゾッホとサド』蓮實重彥訳、晶文社、1973年。ドゥルーズのマゾヒズム論については、ジョン・K・ノイズ『マゾヒズムの発明』岸田秀・加藤健司訳、青土社、2002年、第2章も参照のこと。

(15) Émile Zola, *Nana*, dans *Les Rougon-Macquart*, , Gallimard, « Bibliothèque de la Pléiade », t. II, 1985, p. 1460. 邦訳は、エミール・ゾラ『ナナ』川口篤・古賀照一訳、新潮文庫、1959年、ほか。

(16) *Ibid.*, p. 1461.

(17) Pauline Léage, *Histoire d'O*, J.-J. Pauvert, 1954. 邦訳は、ポーリーヌ・レアージュ『O嬢の物語』澁澤龍彥訳、河出文庫、1992年。

(18) ブラム・ダイクストラ『倒錯の偶像――世紀末幻想としての女性悪』富士川義之ほか訳、パピルス、1994年。原著は、Bram Dijkstra, *Idols of Perversity: Fantasies of Feminine Evil in Fin-de-Siècle Culture*, Oxford University Press, 1986.

第六章

(1) 現在におけるフェティシズム論の展開と諸相は、次の著作で示されている。田中雅一編『フェティシズム研究』全3巻、京都大学学術出版会、2009–2017年。とくに第3巻、序章「侵犯する身体と切断するまなざし」(田中雅一)を参照のこと。Emily Apter and William Pietz (ed.), *Fetishism as cultural discourse*, Ithaca, Cornell University Press, 1993.

(2) Charles de Brosses, *Du culte des dieux fétiches, ou Parallèle de l'ancienne Religion de l'Égypte avec la Religion actuelle de Nigritie*, Genève, 1760, p. 10. 邦訳はシャルル・ド・ブロス『フェティシュ諸神の崇拝』杉本隆司訳、法政大学出版局、2008年、5頁。

(3) 宗教的、哲学的、そして経済学的な意味でのフェティシズムについては、次を参照のこと。石塚正英『フェティシズムの思想圏』世界書院、1991年;ウィリアム・ピーツ『フェティッシュとは何か――その問いの系譜』杉本隆司訳、以文社、2018年;および注(2)で挙げた邦訳書の「解題」。またこれに加えて、フロイトおよび精神分析における性愛概念としてのフェティシズムを概観しているのが、Paul-Laurent Assoun, *Le fétichisme*, PUF, 2006. 邦訳はポール゠ロラン・アスン『フェティシズム』西尾彰泰・守谷てるみ訳、白水社、文庫クセジュ、2008年。

(4) Valentin Magnan, *op. cit.*, p. 18.

(5) エミール・ブランシュの生涯と、文学者たちとの関わりについては次の書に詳しい。ロール・ミュラ『ブランシュ先生の精神病院――埋もれていた19世紀の「狂気」

の逸話』吉田春美訳、原書房、2003年。

(6) Valentin Magnan, *op. cit.*, p. 20.

(7) Richard Von Krafft-Ebing, *op. cit.*, p. 161 *sqq*.

(8) フロイト「性理論三篇」、『エロス論集』中山元編訳、ちくま学芸文庫、1997年、56–61頁。

(9) Alfred Binet, *Études de psychologie expérimentale*, Octave Doin, 1888. 引用は次の版に拠る。Alfred Binet, *Le fétichisme dans l'amour*, Payot, 2001, p. 56.

(10) *Ibid.*, p. 53.

(11) Dominique Kalifa, *Crime et culture au XIX*[e] *siècle*, Perrin, 2005, ch. 3 « Les mémoires de policiers: l'émergence d'un genre? ». 邦訳は、ドミニク・カリファ『犯罪・捜査・メディア——19世紀フランスの治安と文化』梅澤礼訳、法政大学出版局、2016年。

(12) Gustave Macé, *Un joli monde*, Charpentier, 1887, p. 263.

(13) *Ibid.*, p. 273.

(14) Paul Garnier, *Les Fétichistes, pervertis et invertis sexuels*, Baillière, 1896, p. 17.

(15) 田中雅一「侵犯する身体と切断するまなざし」、田中雅一編『侵犯する身体』京都大学学術出版会、2017年、26–27頁。

(16) Émile Laurent, *Fétichistes et érotomanes*, Vigot, 1905, p. 8.

(17) *Ibid.*, p. 7.

(18) Richard Von Krafft-Ebing, *op. cit.*, pp. 202–204. ハヴロック・エリス『性の心理 Vol. 5　性愛の象徴化』佐藤晴夫訳、未知谷、1996年、21頁。

(19) フロイト「フェティシズム」、『エロス論集』前掲書、283–292頁。

(20) Richard Von Krafft-Ebing, *op. cit.*, pp. 236–243.

(21) ハヴロック・エリス、前掲書、11–22頁。

(22) Émile Laurent, *op. cit.*, pp. 4–5.

(23) Rétif de la Bretonne, *Monsieur Nicolas*, Gallimard, « Bibliothèque de la Pléiade », t. I, 1989, pp. 46–47.

(24) *Ibid.*, p. 215.

(25) *Ibid.*, p. 215.

(26) *Ibid.*, p. 579.

(27) Octave Mirbeau, *Le Journal d'une femme de chambre*, Gallimard, « Folio », 1984, pp. 41–42.

(28) Émile Zola, *La Curée*, dans *Les Rougon-Macquart*, Gallimard, « Bibliothèque de la Pléiade », t. I, 1969, p. 357. 邦訳は、エミール・ゾラ『獲物の分け前』中井敦子訳、ちくま文庫、2004年。

(29) Charles Baudelaire, « Le Parfum », *Les Fleurs du mal*. 訳文は『ボードレール全集』阿部良雄訳、筑摩書房、1983年、による。

(30) Guy de Maupassant, *La Chevelure*, dans *Contes et nouvelles*, Gallimard, « Bibliothèque de la Pléiade », t. II, 1979, p. 107.
(31) *Ibid.*, p. 112.

第七章

(1) フランスにおける優生学の歴史に関しては、次の書に詳しい。Anne Carol, *Histoire de l'eugénisme en France*, Seuil, 1995. 19世紀以降におけるフランスの精神医学の変遷については、次の二冊を参照していただきたい。アンリ・バリュク『フランス精神医学の流れ——ピネルから現代へ』影山任佐訳、東京大学出版会、1982年；影山任佐『フランス慢性妄想病論の成立と展開——ピネルからセリューまで』中央洋書出版部、1987年。第二章が変質論に簡潔に触れている。
(2) Bénédict Auguste Morel, *Traité des dégénérescences physiques, intellectuelles et morales de l'espèce humaine et des causes qui produisent ces variétés maladives*, Baillière, 1857.
(3) Cesare Lombroso, *L'Homme criminel*, Félix Alcan, 1887, IIIe partie, ch. 1–3. ロンブローゾの理論が当時のヨーロッパ社会にもたらした衝撃と、犯罪人類学の形成については、次の著作を参照のこと。Pierre Darmon, *Médecins et assassins à la Belle Époque. La Médicalisation du crime*, Seuil, 1989. 邦訳は、ピエール・ダルモン『医者と殺人者』鈴木秀治訳、新評論、1992年。ルース・ハリス『殺人と狂気——世紀末の医学・法・社会』中谷陽二訳、みすず書房、1997年。
(4) Michel Foucault, *Les Anormaux. Cours au Collège de France. 1974–1975*, Seuil/Gallimard, 1999, p. 109.
(5) *Ibid.*, p. 110.
(6) この点についての詳細は、小倉孝誠『近代フランスの事件簿——犯罪・文学・社会』淡交社、2000年、第 IV 章「闇のベル・エポック」を参照していただきたい。
(7) Valentin Magnan et Paul-Maurice Legrain, *Les Dégénérés, état mental et syndromes épisodiques*, Rueff, 1895, ch. 8.
(8) 加藤敏ほか編集『現代精神医学事典』弘文堂、2016年、600頁。「精神不均衡者」の項目でマニャンの名が引かれている。
(9) Magnan et Legrain, *op. cit.*, p. 100.
(10) Max Nordau, *Dégénérescence*, Alcan, 1894, t. II, p. 525. この著作の「序章」は、ロンブローゾへの献辞を含んでいる。なおモレル以降、「天才とは狂気の一形態である」と主張したモロー・ド・トゥールや、ロンブローゾの『天才論』など、天才を一種の変質者と見なす考えも一定の支持を得ていた。この点については、フレデリック・グロ『創造と狂気——精神病理学的判断の歴史』澤田直・黒田学訳、法政大学出版局、2014年、第 II 部第 4 章「優秀変質者」、を参照願いたい。
　またノルダウの変質論は19世紀末のイギリスにも波及し、オスカー・ワイルドの

同性愛裁判の論告にも利用された。この点に関しては、武田美保子『身体と感情を読むイギリス小説——精神分析、セクシュアリティ、優生学』春風社、2018年、67頁以下を参照のこと。

(11) Huysmans, *À rebours*, G-F. Flammarion, 1978, p. 61. 邦訳は、J. K. ユイスマンス『さかしま』渋澤龍彦訳、河出文庫、2002年。

(12) Max Nordau, *op. cit.*, pp. 424, 454.

(13) Émile Zola, « Notes générales sur la marche de l'œuvre », *Les Rougon-Macquart*, Gallimard, « Bibliothèque de la Pléiade », t. V, 1967, p. 1739.

(14) Cf. Gilles Deleuze, « Zola et la fêlure », *Logique du sens*, Minuit, 1969. この有名な論考は当初、次のゾラ全集の序文として書かれたものである。Émile Zola, *Œuvres complètes*, Cercle du Livre Précieux, t. 6, 1967, pp. 13–21. ドゥルーズを参照しながら、ゾラ文学における欲望とマシニズムの主題を説得的に論じたのが、寺田光德『欲望する機械——ゾラの「ルーゴン＝マッカール叢書」』藤原書店、2013年、である。

(15) Émile Zola, « Notes générales sur la marche de l'œuvre », *op. cit.*, p. 1739.

(16) NAF, Ms 10294, f° 17. このメモの重要性は次の著作においても指摘されている。Jean-Louis Cabanès, *Le Corps et la Maladie dans les récits réalistes (1856–1893)*, Klincksieck, 1991, p. 412.

(17) Émile Zola, *La Curée*, *op. cit.*, p. 408.

(18) *Ibid.*, pp. 485–486.

(19) Émile Zola, *Le Docteur Pascal*, dans *Les Rougon-Macquart*, Gallimard, « Bibliothèque de la Pléiade », t. V, 1967, p. 1017. 邦訳は、ゾラ『パスカル博士』小田光雄訳、論創社、2005年。

(20) *Ibid.*, p. 1018.